# 오 헨리 단편선

# 페스트

MINI BOOK
CLOUD
LIBRARY
12

# 페스트
## -1-

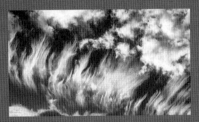

# La Peste
## Prix Nobel
#### Lauréat de
#### de littérature

알베르 카뮈 지음
안영준 옮김

생각뿔

차례

어떤 종류의 구속을 다른 형태로 표현하는 것은
비존재를 통해 존재를 드러내는 것만큼이나 합당하다.

**다니엘 디포**

제1부

**La Peste**
**Prix Nobel**
**de**
**littérature**

이 연대기는 194X년 오랑에서 발생한 기이한 사건들을 다룬다. 대부분 이 기묘한 사건들이 장소와 어울리지 않는다고 여긴다. 오랑은 프랑스 도청이 있는 알제리 항구에 불과하기 때문이다.

마을 자체는 볼품이 없다. 무엇이 이 의기양양하고 한적한 소도시를 여타 상업 도시들과 다르게 만들었는지 발견하기까지는 시간이 필요하다. 어떻게 설명하면 이 도시가 그려질까? 가령 비둘기도 없고, 나무도 공원도 없어서 새들의 날갯짓과 나뭇잎의 바스락거리는 소리조차 들을 수 없는 곳. 삭막한 이곳에서는 계절의 변화를 오직 하늘을 통해 감지한다. 봄의 소식도 대기의 감촉이 전하거나 밀수꾼들이 외지에서 가져온 꽃바구니를 통해 겨우 느낄 수 있다. 오랑의 봄은 시장에서 파는 물건을 통해 온다. 여름이면 집을 태울 듯이 내리쬐는 태양에 집 안은 건조하고, 희뿌연 재가 마을을 뒤덮는 통에 덧문을 닫고 어둠 속에서 지내야 한다. 가을이면 잦은 비로 온 천지가 흙탕물이라 오랑이 화창한 날은 오로지 겨울뿐이다.

한 도시를 이해하려면 그곳 사람들이 어떻게 일하고, 어떻게 사랑하며, 어떻게 죽는지 보면 된다. 오랑 사람들은 기후 탓인지 모든 것에 열정적인 동시에 무덤덤하다. 관습에 얽매인 이들은 권태에 젖어 있으며, 오로지 부자가 되기 위해 열심히 일한다.

오랑에 사는 사람들의 주된 관심사는 사업이다. 그들은 '장사하는 것'이 인생의 목적이라 말한다. 물론 유희를 위해 유흥과 영화와 해수욕도 즐기지만, 그들은 매우 합리적인 편이라 쾌락은 토요일 저녁이나 일요일로 미루고 주중은 많은 돈을 벌기 위해 애쓴다. 퇴근 후에는 일정한 시간에 카페로 모이거나 항상 같은 길을 산책한다. 그렇지 않으면 자기 집 난간에 나와 앉는다. 젊은 사람들의 열정은 격렬하면서 한시적이고, 노인들의 악습은 사라지지 않는다. 그들은 볼링, 연회, 사교에 중독되거나 고액 노름을 위해 도박장에 간다.

어쩌면 이러한 모습이 동시대를 살아가는 사람들과 별반 다르지 않다고 말할 것이다. 아침부터 저녁까지 일하고, 한가

한 시간에는 카페에 모여 트럼프를 하거나, 수다로 시간을 허비하는 모습은 이제 특별하지 않다. 그런데도 어떤 도시나 고장에서는 다른 어떤 것이 존재함을 직감하기도 한다. 그것은 삶을 변화시키지는 않지만, 그 자체로 좋은 것이다. 그러나 완전히 현대적인 오랑은 어떤 암시도 없다. 따라서 사람들이 어떻게 사랑하는지 설명할 필요가 없다. 연인들은 사랑이라는 이름으로 빠르게 서로를 소비하다 결국 그것이 습관이 되어 버린다. 열정과 권태. 그 중간을 찾지 못하는 오랑 사람들은 여느 도시와 마찬가지로 생각할 여력이 없어서, 사랑에 대해 알지 못한 채 사랑을 한다.

우리 마을의 독특한 점은 죽는 순간 곤경에 처한다는 것이다. 어쩌면 '곤경'보다 '불편'이라는 표현이 더 어울릴지 모르겠다. 아프다는 것은 결코 유쾌한 일은 아니지만, 이를테면 아플 때 어느 정도 자유롭게 행동할 수 있도록 지켜 주는 마을이 있다.

환자에게는 작은 관심이 필요하며, 어떤 것에 의지하고 싶어 하는 것이 너무나 당연하다. 그러나 오랑은 사나운 기후, 사업상 위기, 시시한 풍경, 갑작스럽게 저무는 밤, 쾌락적인 것들이 사람들에게 건강함을 요구한다. 병을 앓는 이들은 그곳에서 고독함을 느낀다.

사람들이 카페나 전화기에 매달려 출하량, 선하 증권, 할

인에 대해 상의하는 동안 열에 달궈진 수많은 벽에 갇혀 죽어가는 사람이 있다고 생각하면, 삭막한 곳에서 맞이하는 죽음은 현대적 죽음조차 불편하게 만드는 것이 명백하다.

다소 부족하지만 이런 몇 가지 암시만으로 우리 마을을 어느 정도 짐작할 수 있을 것이다. 그러나 지나치게 과장하지 말아야 한다. 강조하고 싶은 것은 이 도시의 풍경과 그 안의 삶이 따분할 정도로 평범하다는 것이다. 타성에 젖은 사람들은 별 어려움 없이 하루를 보낸다. 타성을 조장하는 도시의 삶 속에서 그들의 모든 것은 최선이지만, 그런 삶은 전혀 흥미롭지 않다. 그러나 이런 사회적 불안이 외부에는 거의 알려지지 않았다. 솔직하고 상냥하며 부지런한 오랑 사람들을 여행객들은 존경하기도 했다.

나무도, 자극도, 영혼도 없는 이 도시가 평온한 모습으로 저물면 사람들은 만족스럽다는 듯 잠자리에 든다. 그렇지만 헐벗은 고원 한가운데에 있는 이 도시가 그림처럼 완벽한 만(灣)과 빛나는 언덕에 둘러싸여 장관을 이루고 있다는 사실은 덧붙여야겠다. 다만 이 도시가 만을 등지고 형성되어 바다를 보는 것은 불가능하며, 바다를 보기 위해서는 그것을 직접 찾아가야만 한다.

이토록 평범한 오랑의 일상을 통해 연대기에 기록할 사건의 전초인, 그해 봄에 일어난 사건을 당시는(후에는 알게 되었지만) 짐작조차 할 수 없었음을 충분히 이해했을 것이다. 어떤 이들은 일련의 사건들을 당연하게 받아들일 것이고, 어떤 이들은 터무니없다고 할 것이다. 그러나 화자가 이러한 것을 모두 고려할 수는 없다. 그것은 실제로 일어난 일이고, 사람들의 삶에 영향을 끼쳤으며, 진위를 증명해 줄 수천 명의 목격자가 있으므로 그의 임무는 '그런 일이 일어났다'고 전하는 것뿐이다.

누군지 차차 밝혀지겠지만 어쨌든 그가 우연한 기회로 많은 정보를 모으지 못했다면, 저항할 수 없는 힘 때문에 그가 이 이야기를 추동하지 않았다면, 그는 이 사건을 기록할 자격이 없었을 것이다. 이 사건의 한복판에 있었다는 것, 그것은 그가 역사가로서 정당함을 가지는 이유다.

역사가는 아마추어라 할지라도 항상 사료(史料)를 충분히 가지고 있기 마련이다. 이 화자도 세 종류의 자료를 가지고 있다. 우선 자신이 본 것, 타인이 본 것(화자의 역할 덕분에 이 연대기에 등장하는 사람들의 내막을 들을 수 있었다.), 마지막으로 그의 손에 들어온 문서들이다.

장황한 서설은 그만하고 본론으로 들어가야 할 것 같다. 처음 며칠 동안 발생한 일들은 자세한 설명이 필요하다.

4월 16일 아침, 의사 베르나르 리외는 진료실에서 나오다가 뭔가 물컹한 것을 밟았다. 층계참 한가운데에 쥐가 죽어 있었다. 그는 별생각 없이 발로 쥐를 한쪽으로 밀어놓고 계단을 내려갔다. 이후 거리로 나와서야 꺼림칙하다는 느낌이 들어 수위에게 알리기 위해 발길을 돌렸다. 미셸 영감의 반응으로 그가 발견한 것이 예사롭지 않음을 깨달았다. 죽은 쥐가 그곳에 있다는 사실이 그에게는 조금 이상한 일이었지만 수위는 격노했다. 수위는 "여기에 쥐는 없다."라고 단호하게 말했다. 2층 층계참에 죽은 쥐를 똑똑히 보았다고 말했지만, 미셸 영감은 "건물 안에는 쥐가 없다."라고 확신하며 분명 밖에서 누군가 가져왔을 것이라고 주장했다. 아마도 어떤 젊은이들의 장난이라는 것이다.

그날 저녁, 리외 박사는 아파트 입구에서 주머니 속에 든 현관 열쇠를 찾고 있는 와중에 복도 끝 어둠 속에서 그를 향해 오는 커다란 쥐를 보았다. 비틀거리는 쥐의 털이 흠뻑 젖어 있었다. 그것은 멈춰 서서 균형을 잡는가 싶더니, 다시 의사를 향해 다가오다 멈춰 섰다. 이윽고 쥐는 제자리를 맴돌며 '꽥' 하고 소리를 지르더니 반쯤 벌린 입으로 피를 토하며 고꾸라졌다. 의사는 한동안 그 광경을 지켜보다 곧 계단을 올랐다.

피를 뿜는 광경이 그의 근심을 떠오르게 했기 때문에 그는 쥐를 더 이상 생각하지 않았다. 일 년째 병을 앓고 있는 그의 아내는 다음 날 산에 있는 요양원으로 떠나야 했다. 침실로 가 보니, 아내는 그가 부탁한 대로 체력을 보전하기 위해 침대에 누워 있었다. 그녀는 미소를 지으며 말했다.

"기분이 더없이 좋아요."

아내는 의사 쪽으로 얼굴을 돌렸다. 의사는 침대 맡 램프에 빛나는 아내의 얼굴을 내려다 봤다. 서른이 된 아내의 얼굴에는 병색이 짙었지만, 그가 보기에는 여전히 젊었고, 그것은 아마도 모든 근심을 잊게 하는 그녀의 미소 덕분이었을 것이다.

"잠을 좀 자 둬. 11시에 간병인이 오면 당신은 정오에 출발하는 기차를 타야 하니까."

그는 약간 젖은 그녀의 이마에 입을 맞췄다. 아내의 미소가 그를 방문까지 배웅했다.

다음 날인 4월 17일 8시, 미셸은 숙소 밖으로 나가는 의사를 붙들더니 어떤 놈들이 죽은 쥐 세 마리를 복도에 버리고 갔다고 말했다. 출혈이 심한 것으로 보아 매우 강한 덫에 걸려 죽은 것이 분명하다고 했다. 수위는 범인들이 빈정거리며 나타나지 않을까 해서 쥐들 다리를 잡고 출입구에 한참을 서 있었지만 소용없었다.

"놈들을 꼭 잡고 말 거예요."라고 그는 말했다.

몹시 당황한 리외는 빈민가 변두리부터 왕진을 시작해야겠다는 생각이 들었다. 그 지역의 쓰레기는 늦게 수거되기 때문에, 먼지로 뒤덮인 도로를 달리다 보면 보도 가장자리에 설치된 쓰레기통을 살펴볼 수 있었다.

어떤 거리에는 채소나 다른 쓰레기들 위에 던져진 쥐가 열 마리 정도 되었다.

첫 번째 방문한 천식 환자는 침대에 누워 있었다. 바깥쪽에 있는 방은 부엌 겸 침실로 이용되었다. 그 스페인 노인의 얼굴은 단단하고 거칠었다. 그가 덮은 침대보 위에는 말린 완두콩이 들어 있는 두 개의 냄비가 놓여 있었다. 의사가 들어오자 노인은 몸을 반쯤 일으킨 채 목을 뒤로 젖히고 숨을 고르고 있었다. 그의 아내는 물이 든 대야를 가져왔다.

"의사 양반."

노인이 주사를 맞으며 물었다.

"놈들이 출몰하고 있다는데 혹시 보셨나요?"

"그이는 쥐를 말하는 거예요. 옆집 남자는 세 마리나 보았 대요."

아내가 설명했다.

"쓰레기통마다 쥐들이 있어. 배가 고픈 거야."

리외는 그 지역 사람들이 온통 쥐에 대해 떠들고 있다는 것을 깨달았다. 몇 군데 왕진을 마친 그는 차를 끌고 집으로 돌아갔다.

"선생님에게 온 전보를 올려다 놨어요."

미셸이 말했다. 의사는 그에게 또 쥐를 보았냐고 물었다.

"아니요. 알잖아요. 제가 지켜보고 있는 이상 놈들은 근처에 얼씬도 하지 못할 거예요."

전보는 그의 어머니가 다음 날 도착한다는 내용이었다. 아픈 며느리가 집을 비우는 동안 집안일을 돕기 위해 오는 것이다. 집에 도착했을 때, 간병인은 벌써 와 있었다. 아내는 정장 차림에 화장까지 마친 상태였다. 그는 웃으며 말했다.

"근사하군."

잠시 후 그는 침대칸에 들어가는 아내를 보고 있었다. 그녀는 객실을 둘러보았다.

"우리 형편에 너무 비싸지 않아요?"

"쓸 땐 써야지."

"쥐들이 돌아다닌다는 이야기는 뭐예요?"

"글쎄. 확실히 이상하지만, 곧 잠잠해지겠지."

이후 그는 그녀에게 용서를 구했다. 그녀를 잘 보살폈어야 했는데, 너무 무심했다고 말이다. 그녀는 그만하라는 듯 고개를 저었다.

"어쨌든 당신이 돌아올 땐 모든 것이 좋아질 거야. 새롭게 시작하는 거야."

"그래요. 새로 시작해요."

그녀의 눈이 반짝였다.

그러나 그녀는 그에게 등을 돌리고 차창 밖의 플랫폼을 응시했다. 서두르는 사람들은 누군가를 밀치기도 했다. 기관차에서 증기를 내뿜는 소리가 들렸다. 그는 다정하게 아내의 이름을 불렀다. 돌아본 아내의 얼굴은 눈물에 젖어 있었다.

"울지 마."

그가 속삭였다. 그녀는 엷은 미소를 띠며 깊은 숨을 들이쉬었다.

"이제 가세요. 모든 것이 잘 될 거예요."

그는 그녀를 꼭 안아 준 뒤 플랫폼으로 내려갔다. 그는 창문을 통해 그녀가 미소 짓는 것을 볼 수 있었다.

"몸조심해."

그가 말했지만, 그녀에게는 들리지 않았다.

리외는 기차역 출구 근처에서 어린 아들의 손을 잡고 서 있는 치안판사 오통을 만났다. 키가 크고 머리가 검은 오통은 한때 잘 나갔던 사교계 인사 같은 분위기도, 장의사 조수 같은 분위기도 풍겼다. 의사는 그에게 어디를 가느냐고 물었다.

"시댁에 다녀오는 아내를 마중 왔어요."

기관사가 이내 기적을 울렸다.

"쥐들이 지금……."이라고 치안판사가 말했다.

잠시 기차 방향으로 움직이던 리외는 출구로 되돌아왔다.

"쥐들? 별일 아니에요."

그 순간 그의 기억에 남는 것이라고는 죽은 쥐가 가득 든 통을 든 역무원이 지나가는 모습이었다.

그날 이른 오후, 진료를 시작하기 전 젊은 남자가 리외를 찾아왔다. 기자라고 소개한 그는 오전에 한 번 왔다고 말했다. 그의 이름은 레몽 랑베르였다. 작은 키에 벌어진 어깨, 단호해 보이는 인상, 날카롭고 지적인 눈빛의 그는 활동적인 차림에 뚝심이 있어 보였다. 그는 파리의 주요 일간지 기자로 아랍인의 생활 조건을 취재 중이었는데, 특히 그들의 위생 상태에 대해 알고 싶다고 단도직입적으로 말했다. 리외는 별로 좋지 않다고 말했다. 하지만 그 전에 기자가 진실을 말할 수 있는지 알고 싶었다.

"물론이죠."라고 랑베르는 대답했다.

"제 말은, 현 상황을 철저하게 비난할 수 있느냐는 거죠."

"철저히 말이죠? 장담할 순 없지만, 상황이 그리 나쁘지 않은 것은 확실하죠?"

"그래요."

리외는 그들이 나쁘지만은 않다고 읊조렸다. 그는 랑베르가 사실을 왜곡하지 않고 보도할 수 있는지 확인하고 싶어 물었다고 말했다.

"저는 어떤 것을 감춘 진술은 싫어합니다. 따라서 당신의 취재를 도와드릴 수 없을 것 같습니다."라고 그가 덧붙였다.

"생쥐스트(프랑스 대혁명 때 단두대에서 처형됐다. 합의에 반대하는 비타협적 인물로, 양보 없는 완강한 인물의 상징이다.)의 말이군요."

기자는 웃었다. 리외는 목소리를 높이지 않고 그에 대해 아는 것이 없다고 말했다. 또한 자신이 사용한 언어는 부정과 타협하지 않기로 한 인간의 언어라고 설명했다. 자신은 이 세계에 대해 환멸을 느끼지만, 인간에 관해서는 호의를 가지고 있다는 것이다.

랑베르는 난감하다는 듯 어깨를 구부린 채 잠시 의사를 봤다.

"무슨 말씀인지 알겠습니다."

의사는 일어나 기자를 문까지 배웅하며 말했다.

"이해해 주셔서 감사합니다."

랑베르는 짜증 섞인 목소리로 반복했다.

"예. 예. 이해하고말고요. 폐를 끼쳐서 죄송합니다."

의사는 그와 악수한 뒤 최근 오랑에서 죽은 쥐가 상당수 발견되고 있다며, 흥미로운 취잿거리가 될 것이라고 언질을 주었다.

랑베르는 "아! 확실히 흥미롭군요."라며 탄성을 질렀다.

오후 5시, 의사는 다시 왕진을 가다가 어떤 남자와 계단에서 마주쳤다. 그는 젊지만 주름이 많았고, 육중한 체격에 눈썹이 짙었다. 그는 남성 스페인 무용수가 사는 그 아파트 꼭대기 층에서 한두 번 만난 적이 있었다. 장 타루는 담배를 피우며, 계단 위 자기 발치에서 죽어 가며 경련을 일으키는 쥐를 내려다보고 있었다. 회색 눈동자를 가진 그는 의사가 있는 곳을 잠시 올려다보며 인사를 건넨 뒤, 모든 쥐가 쥐구멍에서 죽은 채 나오는 것이 참 이상하다고 말했다.

"너무 이상하죠."

리외가 동의했다.

"성가신 일이 될 거예요."

"어떤 면에서는 선생님, 우리는 이런 일을 한 번도 겪지 않왔거든요. 그런 거예요. 저는 흥미로운 일이라고 봐요. 그래요. 분명 흥미로워요."

타루는 손으로 머리를 쓸어 넘기며 이제는 움직이지 않는 쥐를 다시 내려다보았다. 그가 리외를 향해 웃었다.

"선생님, 그런데 이것들은 결국 수위들 일이죠."

마침 아파트 출입구 벽에 수위가 기대 서 있었다. 아니나 다를까, 평소 혈색이 좋던 수위의 얼굴에 피곤이 역력했다.

쥐가 또 나타났다고 전하자, 미셸 영감은 이미 알고 있다고 말했다.

"이제는 두세 마리씩 나타나요. 다른 건물도 마찬가지죠."

기가 한풀 꺾인 그는 심란해 보였다. 미셸은 연신 목덜미를 쓰다듬었다. 리외는 그에게 건강에는 별다른 문제가 없느냐고 물었다. 수위는 딱히 나쁜 건 아니지만 평소 같지는 않다고 했다. 사기가 떨어져서 그런 것 같다고 했다. 쥐 때문에 예민해졌으니 쥐들이 없어지면 모든 것이 좋아질 터였다.

그러나 다음 날인 4월 18일 아침, 역에서 어머니를 모시고 집으로 돌아왔을 때 미셸 영감의 얼굴은 한층 더 초췌했다. 지하 창고부터 다락으로 이어진 계단에 수십 마리의 쥐가 죽어 있었기 때문이다. 이웃집 쓰레기통도 쥐들로 가득 찼다고 전했다. 의사의 어머니는 그 소식을 듣고도 전혀 놀라지 않았다.

"그럴 수 있죠."

은발에 깊은 눈을 가진 그녀는 체구가 작고 온화해 보였다.

"베르나르, 너를 만나니 기쁘구나. 내가 너와 함께 있는데, 쥐가 별 대수겠니?"

그도 그렇게 생각했다. 어머니와 있으면 모든 일이 쉬워 보였다.

리외는 시청 방역과에 연락했다. 그는 책임자와 잘 아는 사이였다. 쥐들이 떼를 지어 밖으로 나와 죽는다는 사실을 그도 알고 있는지 물었다. 메르시에는 그 사실을 이미 알고 있을 뿐 아니라, 부둣가 근처의 자기 사무실에서도 50여 마리 정도 발견했다고 말했다. 담당 과장은 이 사태를 심각하게 받아들여야 할지 혼란스러워 했다. 그는 의사에게 의견을 물었다. 리외는 자기가 판단할 수는 없지만, 방역과에서 조처하는 것이 좋을 것 같다고 조언했다.

"위에서 지시가 있어야 가능한데……."

메르시에가 대답했다.

"자네가 그럴 필요가 있다고 한다면 내가 위에다 보고를 한 번 해 보지."

"해 볼 필요는 있다고 생각해."

리외가 말했다. 가정부도 조금 전 남편 공장에서도 죽은 쥐 수백 마리를 수거했다고 일렀다.

오랑 사람들이 불안해하기 시작한 것은 이 무렵부터다. 18일부터 공장과 창고에서 수백 마리의 죽은 쥐가 발견되기 시작한 것이다. 죽는 데 시간이 너무 오래 걸려서 고통스럽지 않도록 숨통을 끊어 줘야 하는 일도 있었다. 변두리에서 시가지까지, 리외가 지나는 곳이나 사람들이 모이는 곳 어디든 쥐들이 쓰레기통에 무더기로 쌓여 있거나 배수로에 길게 늘어져 있었다. 그날부터 석간신문들은 시 당국이 이 사태를 어떻게 수습할 것인지, 쥐들로부터 사람들의 안전을 지키기 위해 긴급 대책을 마련하고 있는지 문제를 제기하기 시작했다. 시 당국은 아무런 대책도 없었지만 일단 회의를 소집했다. 방역과에 새벽마다 죽은 쥐를 수거하라는 지시가 내려졌다. 수거된 쥐들은 차량 두 대를 통해 쓰레기 소각장으로 옮겨 태우기로 했다.

그러나 며칠 사이에 사태는 더 심각해졌다. 갈수록 죽은 쥐는 늘어났고, 수거되는 양도 많아졌다. 넷째 날부터 쥐들은 떼거리로 죽기 시작했다. 후미진 곳, 지하실, 하수구 등에서 쥐들은 비틀비틀 줄을 지어 기어 나와, 햇빛에 몸을 한번 휘청이고는 제자리를 맴돌다 사람들 주변에 고꾸라졌다. 밤이면 건물 복도나 골목에서 쥐들이 죽어 가는 소리가 작지만 선명하게 들렸고, 아침이면 외곽 배수구에 쥐들의 사체가 즐비해 있었다. 이들은 뾰족한 주둥이에 작은 꽃처럼 보이는 피를 묻히고 있었으며, 어떤 놈은 몸이 퉁퉁 불어난 채 썩어 가고 있었다. 어떤 놈은 수염을 빳빳하게 세운 채 굳이 있었다. 심지어 시내에서도 층계참이나 안마당에서 쥐들이 한 무더기씩 발견되었다. 무리에서 이탈한 쥐가 관공서 로비, 학교 체육관, 카페테라스에 죽어 있기도 했다. 유동 인구가 많은 곳에서 죽은 쥐들이 출몰하자 사람들은 기겁했다. 쥐들은 점점 반경을 넓혀 아름 광장, 대로, 프롱드메르 산책로 등을 가리지 않고 사체가 발견되었다. 새벽에 쥐들을 깨끗이 치워도, 한나절이 지나면 더 많은 쥐가 죽어 있었다. 밤에 산책하다 죽은 지 얼마 되지 않은 물컹한 쥐를 밟는 경우도 허다했다. 지금까지 조용하던 이 작은 도시가 며칠 사이 발칵 뒤집혔으니 얼마나 놀랐을지 상상해 보라.

사태가 심각해지자, 랑스도크 통신사는 무료 라디오 방송을 통해 25일 하루 6,231마리의 쥐를 수거해 소각했다고 보도했다. 문제 상황을 수치화하자 사람들의 혼란은 가중되었다. 지금까지는 불쾌한 사건 정도로 단순히 치부했다면, 이제는 피해 규모와 원인조차 밝혀지지 않은 이 현상에 시민들은 어떤 위협이 도사리고 있음을 느꼈다. 오직 천식을 앓는 스페인 노인만이 "나온다. 놈들이 나온다."라며 양손을 비비고는 좋아했다.

4월 28일, 약 8,000마리의 쥐가 수거되었다고 보도되자 사람들의 불안은 절정에 달했다. 사람들은 안일한 시 당국을 비판하며 근본적인 대책 마련을 촉구했다. 바닷가에 집이 있는 사람들은 이미 그곳으로 피난 갈 것을 예고했다. 그러나 다음 날 언론사는 상황이 갑자기 멈췄고, 방역과에서 수거한 죽은 쥐들의 수는 무시해도 좋을 만큼 급격히 줄었다고 보도했다. 사람들은 안도의 숨을 내쉬었다.

그런데 그날 정오, 아파트 앞에 주차하고 있는 리외 쪽으로 고개를 숙이고 양팔을 허수아비처럼 벌린 미셸 영감이 걸어왔다. 리외도 몇 번 만난 적 있는 파늘루 신부에게 몸을 의지하고 있었다. 예수회 소속의 파늘루 신부는 박식하고 열정적이라 종교에 관심 없는 사람들 사이에서도 존경받고 있었다. 미셸 영감은 눈을 번뜩이며 숨을 헐떡거렸다. 몸 상태가 좋지 않아 바람을 쐬러 나왔는데, 목과 겨드랑이, 심지어 사타구니까지 통증이 심해 집으로 돌아오는 길에 신부에게 들러 도움을 청했다고 말했다.

"종기가 났어요. 과로한 모양이에요."

파늘루 신부가 말했다. 리외는 차창 밖으로 팔을 뻗어 미셸 영감이 내민 목 밑을 손으로 이리저리 만져보았다. 옹이 같은 것이 느껴졌다.

"집에서 누워 계세요. 체온도 재보시고요. 오후에 가서 제가 한번 봐 드릴게요."

수위가 떠나자 리외는 파늘루에게 쥐와 관련해 이런 현상이 발생하는 까닭을 물었다.

"쥐들에게 전염병이 도는 거겠지요!"

신부의 눈이 동그란 안경테 너머에서 웃고 있었다.

점심 식사를 마치고 요양소에 잘 도착했다는 아내의 전보를 다시 읽고 있던 와중에 시청의 말단 직원으로부터 전화가 걸려 왔다. 그는 오랫동안 대동맥협착증으로 고생했는데, 리외는 그가 가난해서 무상으로 치료해 주곤 했다.

"저를 기억하시는군요. 하지만 이번엔 다른 사람 때문에 전화했어요. 빨리 와 주셔야 할 것 같아요. 제 이웃에게 무슨 일이 생긴 것 같아요."

그는 숨 가쁘게 말했다. 수위가 떠올랐지만, 나중에 보러 가기로 했다. 몇 분 뒤, 그는 외곽에 있는 페데르브 가의 나지막한 건물에 도착했다. 건물 안은 냉랭했고 악취가 심했다. 그는 마중하러 내려오던 시청 직원 조제프 그랑과 계단 중간에서 마주쳤다. 노란 콧수염을 기른 50대의 조제프는 큰 키에 등이 굽고 좁은 어깨에 팔다리가 가늘었다.

"이제 좀 나아졌어요. 하지만 조금 전만 하더라도 그 사람이 죽는 줄 알았어요."

그는 리외에게 다가오며 코를 풀었다. 건물 꼭대기 층인 3

층 왼쪽 문에는 빨간색 분필로 '들어오세요. 저는 목매달고 있어요.'라고 쓰여 있었다.

그들은 안으로 들어갔다. 테이블은 구석으로 치워져 있었고, 뒤집힌 의자 위로 밧줄이 늘어져 있었다. 밧줄로 만들어 놓은 구멍은 텅 비어 있었다.

"제가 마침 그 사람을 끌어내렸죠."라고 그랑이 말했다. 그는 단순한 문장을 말하면서도 적절한 단어를 찾으려고 애쓰는 것 같았다.

"외출하려던 참이었는데 이상한 소리가 들렸어요. 저 문구를 봤을 때 뭐라고 해야 할까. 장난인 줄 알았어요. 하지만 그 사람이 이상한……. 그러니까 음산하다고 해야 할 신음을 내는 거예요."

그는 머리를 긁적였다.

"실행에 옮겨 보니 고통스러웠겠죠. 물론 당연히 들어와 봤죠."

그들은 문을 열고 문턱에 섰다. 방 안은 환했고, 보잘것없는 가구들로 채워져 있었다. 얼굴이 둥글고 작달막한 남자가 구리 침대에 누워 있었다. 그가 충혈된 눈으로 문턱에 서 있는 두 사람을 보며 숨을 헐떡거렸다. 의사는 순간 움찔했다. 그의 숨소리 사이사이 쥐 우는 소리가 들리는 듯했다. 그러나 방 안 구석 어디에도 움직이는 것은 없었다. 리외가 침대 쪽으로 다가갔다. 너무 높은 곳에서 갑자기 떨어진 것이 아니었기 때문에 일단 척추 뼈는 이상이 없었다. 다만 질식 증상이 약간 있었다. 엑스레이 촬영이 필요해 보였다. 의사는 강심제(쇠약해진 심장의 기능을 회복시키는 약) 주사를 한 대 놓으며 곧 나아질 것이라고 말했다. 남자는 억눌린 목소리로 감사의 마음을 전했다.

리외가 경찰서에 신고했느냐고 묻자 그랑은 당황했다.

"아니요. 제 생각에 제일 급한 일은……."

"그랬겠죠. 그럼 제가 하겠습니다."

리외가 그랑의 말을 자르자 환자가 안절부절못하더니 침대에서 몸을 일으키며 자기는 이제 괜찮으니 그럴 필요 없다고 우겼다.

"진정하고, 대수롭지 않은 일이니 안심하세요. 저는 저대로 진료 신고를 해야 하거든요."

"이런!"

환자가 소리를 지르더니 뒤로 나자빠지며 흐느꼈다. 콧수염을 만지작거리고 있던 그랑이 그의 곁으로 다가갔다.

"이봐요, 코타르 씨. 생각해 봐요. 만약 당신이 또 이런 짓을 벌인다면 사람들은 의사에게 책임지라고 할지도 몰라요."

코타르는 눈물을 흘리며 순간 정신이 나가 그런 것뿐이라며 다시는 그러지 않겠으니 자신을 가만히 내버려 두길 바란다고 말했다. 리외는 처방전을 쓰며 말했다.

"알겠습니다. 이번은 그냥 지나가죠. 2~3일 후에 다시 오겠습니다. 그 사이에 혹시 괜한 짓이라도 하시면 안 됩니다."

층계참에서 리외는 이를 신고하는 것은 자신의 의무지만, 형사에게는 이틀쯤 후에 조사해 달라 요청하겠다고 그랑에게 전했다.

"오늘 밤 저분을 지켜봐야 합니다. 가족은 있나요?"

"그건 잘 모르지만, 제가 간호하면 돼요."

그랑이 고개를 끄덕였다.

"저 사람을 잘 알지는 못하지만, 서로 도와야죠."

리외는 반사적으로 복도 구석을 살피며 쥐들이 전부 사라졌는지 물었다. 시청의 말단 직원은 아는 바가 별로 없었다. 어디선가 이번 쥐 사건에 대해 듣기는 했지만, 소문에는 크게 관심이 없었다.

"제겐 다른 걱정거리가 있어서요."

그랑이 말했다.

리외는 미셸 영감에게 가기 위해 그랑과 서둘러 악수했다. 아내에게 편지를 써야 했기에 마음이 조급하기도 했다.

거리에서는 석간신문 판매원들이 쥐들의 습격이 중단되었다고 외치고 있었다. 고통스러워 보이는 건물 수위는 상반신을 침대 밖으로 내민 채 한 손은 배를, 다른 손으로는 목덜미를 부여잡고 붉은 담즙을 토해 냈다. 오랫동안 안간힘을 쓴 미셸 영감은 숨을 가쁘게 몰아쉬며 제자리에 누웠다. 체온은 39.5도였다. 목의 림프샘과 사지가 퉁퉁 부었고, 옆구리에는 검은 반점 두 개가 번지고 있었다. 이제는 배가 아프다며 고 통스러운 신음을 내뱉었다.

"속이 타들어 가는 것 같아요. 개자식들이 저를 들들 볶고 있다고요."

입술이 새까맣게 타들어 간 그는 울먹이며 툭 튀어나온 눈 으로 의사를 보았다. 그의 눈에는 두통 때문에 눈물이 그렁그 렁 맺혀 있었다. 미셸 부인이 불안해하며 말없이 서 있는 리 외를 쳐다보았다.

"선생님, 그이가 대체 왜 그런 건가요?"

그의 아내가 물었다.

"여러 가능성이 있겠지만, 확실한 것은 아직 아무것도 없 습니다. 식사는 가볍게 하시고, 물을 많이 드시게 하세요."

그렇지 않아도 미셸 영감은 갈증을 호소했다.

아파트로 돌아온 리외는 동료이자 도시에서 실력이 자자 한 리샤르에게 전화를 걸었다.

"특별히 눈에 띄는 것은 없었습니다." 리샤르는 말했다.

"국부 염증을 동반한 발열 환자는요?"

"잠깐! 림프샘에 염증을 일으킨 사례가 두 건 있어요."

"비정상적이었나요?"

"글쎄, 그건 정상을 어떻게 규정하느냐에 달려 있죠."

그날 저녁, 수위는 40도의 고열에 시달리며 자꾸 헛소리를 했고 쥐들을 저주하기도 했다. 테레빈유를 놓자 수위는 타는 듯한 고통에 "망할 것들!"이라고 소리쳤다.

림프샘은 전보다 더 부어올랐다. 손으로 만져 보니 나무처럼 단단했다. 미셸 부인은 제정신이 아니었다.

"그의 곁을 지켜 주세요. 무슨 일이 생기면 저에게 전화 주시고요." 리외는 아내에게 말했다.

다음 날인 4월 30일, 약간의 안개가 낀 파란 하늘에는 벌써 따뜻하고 부드러운 바람이 불고 있었다. 교외의 외딴곳에 핀 꽃향기가 미풍에 실려 왔다. 아침을 알리는 소리는 평소보다 청량하고 활기찼다. 한 주 동안 도시 전체에 드리운 그림자가 걷히고 새로운 날이 시작되는 것 같았다. 리외 역시 아내에게 격려의 편지를 받고, 가벼운 마음으로 미셸 영감 방으로 향했다. 수위의 체온은 38도까지 내려가 있었다. 그는 쇠약해 보였지만 미소를 지어 보였다.

"의사 선생님, 그이가 지금 좋아지고 있는 거죠?"

"좀 더 지켜봐야 알 것 같아요."

그러나 정오가 되자 환자의 체온이 40도까지 올랐다. 쉴 새 없는 헛소리와 구역질이 다시 시작되었다. 목에 생긴 멍울은 건드리기만 해도 아파서, 미셸은 그의 목과 몸을 최대한 멀리 떨어뜨리려고 애썼다. 아내가 침대 끝에 앉아 이불 위에 두 손을 얹고 환자의 발을 조심스럽게 잡고 있었다. 그녀는 리외를 보았다.

"그를 격리해서 특수 치료를 해야 할 것 같아요. 제가 병원에 연락할 테니 구급차로 이송해요."

두 시간 뒤, 구급차 안에서 의사와 미셸 부인은 환자를 굽어보고 있었다. 진균성 종양으로 뒤덮인 그의 입에서는 단편적인 말들이 쏟아졌다.

"쥐들이……"

그의 얼굴은 새파랗게 질려 있었고, 입술에는 핏기가 없었다. 눈꺼풀은 납처럼 무거웠고, 호흡은 불규칙적으로 짧아졌다. 부은 림프샘 때문에 몸을 제대로 가누지 못한 채 간이침대를 몸에 뒤집어쓰려는 듯, 땅속 깊은 곳에서 나온 무언가가 그를 부르기라도 하는 듯 몸을 쪼그리고 있었다. 이윽고 어떤 무게에 짓눌린 듯 숨 막혀하는 듯했다. 그의 아내가 울면서 물었다.

"더는 희망이 없는 건가요?"

"돌아가셨습니다."라고 이내 리외는 말했다.

수위의 죽음은 불길한 징조가 가득했던 한 시기가 끝났지만, 이제 그보다 더 힘든 시기가 도래했음을 알리는 전조였다. 놀라움은 점점 공포로 변했다. 지금은 누구나 잘 아는 사실이지만, 사람들은 이 작은 도시가 쥐들이 햇빛이 비치는 거리로 쏟아져 나와 죽고, 건물 수위들이 기이한 병으로 목숨을 잃게 되는 장소가 되리라고는 상상하지 못했다. 그들의 판단은 실수였고, 따라서 재고되어야 했다. 거기에서 그쳤다면 모든 일은 그저 일상에 묻혔을 것이다. 이제 수위나 가난한 사람이 아니어도 어떤 이들은 미셸 영감의 전철을 밟아야 했다. 그때부터 사람들은 두려움에 떨며 반성하는 마음을 가지기 시작했다.

새로운 사건에 대해 언급하기 전, 지금 막 서술이 끝난 시기에 발생한 다른 목격담을 소개하는 것이 이 사안의 심각성을 이해하는 데 도움이 될 것이다. 이 이야기의 초반부에서 이미 만나 본 인물인 장 타루는 오랑에 징착한 몇 주 진부디 도심에 있는 유명한 호텔에 머물고 있었다. 그의 수입은 제법 짭짤했기 때문에 궁색함 없이 지낼 수 있었다. 오랑 사람들은 점점 그에게 익숙해졌지만 그가 어디에서 왔고, 무엇 때문에 이곳에 머무는지는 아무도 몰랐다. 그는 공공장소라면 어디랄 것도 없이 항상 눈에 띄었다. 봄이 시작되자 바닷가에서 수영하며 즐거워하는 모습을 심심찮게 볼 수 있었다. 성품이 좋은 데다 늘 웃는 표정이었고, 웬만한 오락거리는 전부 즐겼지만, 그렇다고 그것에 얽매이지도 않았다. 유일한 습관이라면 오랑에 사는 스페인 무용수들과 음악가들의 집에 뻔질나게 드나드는 정도였다.

그의 수첩도 이 시기를 서술하고 있는 일종의 연대기라 할 수 있다. 그러나 그것은 무의미한 일들만을 기록하기로 작정이라도 한 듯 매우 특이한 일지였다. 언뜻 보면 타루가 사물이나 사람을 애써 절제된 시선으로 보려는 것 같은 느낌을 받는다. 그는 혼란스러운 시기에도 소소한 이야기를 기록하는 데 전념하고 있었다. 이러한 객관적 서술을 유감스럽게 생각하거나, 그의 감정이 메말랐다고 의심할 수도 있겠다. 그러나 그 수첩은 부차적이지만 나름 중요한 세부 사항들을 제공하고 있고, 절제된 서술 방식 덕분에 흥미로운 인물에 대한 성급한 판단을 유보할 수도 있겠다.

장 타루의 첫 메모는 그가 오랑에 도착한 날로 거슬러 올라간다. 그는 볼품없는 도시에 살게 된 것을 만족해하고 있었다. 시청을 장식하고 있는 두 마리 청동 사자상을 상세히 묘사하며, 나무가 없고 보기 흉한 집들로 구성된 어이없는 도시계획에 대해 호평하기도 했다. 전차나 길에서 들은 대화도 사족 없이 기술되어 있었다. 한참 후, 캉이라는 사람과 관련된 대화 메모가 나오는데, 여기에는 예외적으로 사견을 덧붙여 놓았다.

"자네 캉이라고 알아?"

"캉? 키가 크고 콧수염을 기른?"

"맞아. 전차의 선로를 변경하던."

"알지."

"그 사람이 죽었대."

"아니, 언제?"

"쥐 때문에 난리가 난 후에."

"저런! 어쩌다가?"

"잘은 모르지만 열이 심했다더구먼. 건강이 별로 좋지 않았잖아. 겨드랑이에 종기가 났는데 견디지 못한 거지."

"별다른 병색은 없어 보였는데."

"폐가 약했는데 관악대에서 악기를 다뤘잖아. 계속 나팔을 불었으니 몸이 성했겠어?"

"아플 땐 나팔을 불면 안 되지."

두 번째 사람이 대화를 마무리했다.

타루는 이러한 대화 내용을 기록한 후, 캉이 폐가 좋지 않음에도 관악대에 들어간 연유와 일요일에 시가행진을 위해 생명까지 무릅쓰게 된 본질적인 동기가 무엇인지 자문했다.

이어 그의 방 창문 맞은편 난간에서 벌어지는 어떤 광경 하나가 타루의 호기심을 자극한 듯했다. 그의 방 창문은 좁은 뒷골목에 있었고, 그곳의 담벼락 그늘에서 고양이들이 낮잠을 자곤 했다. 매일 점심 식사 후, 도시 전체가 더위에 끔뻑끔뻑 졸고 있으면 작은 노인이 난간으로 모습을 드러냈다. 백발을 잘 빗어 넘긴 그는 군대식으로 재단한 옷을 입고 꼿꼿하게 서서 근엄한 목소리로 "귀여운 야옹아, 이리 온."이라고 말하며 고양이들을 불렀다. 고양이는 곧바로 움직이지 않고 졸음으로 멀건 눈을 치켜들었다. 노인이 골목을 향해 종이를 잘게 찢으면, 고양이들은 흰 나비처럼 떨어지는 종잇조각들에 이끌려 길 한가운데로 나와 마지막 파편을 향해 한쪽 발을 이리저리 휘저었다. 바로 그때 노인은 고양이 머리를 조준해 가래침을 뱉었고, 자신의 분비물이 표적에 맞으면 좋아하곤 했다.

마지막으로 타루는 도시의 외관, 활기, 심지어 쾌락까지 사고파는 오랑의 상업적인 특성에 매료된 것 같았다. 그는 이런 특이성(수첩에 사용하고 있는 용어이다.)을 높이 평했고, 그의 호평 중에는 '마침내'로 끝나는 것도 있었다. 이 시기 기록에서 여행자의 개인적 특질이 드러난 유일한 대목이다. 물론 그 의미와 진정성을 판단하기는 어렵다. 가령 프런트를 담당하는 호텔 직원이 죽은 쥐 한 마리를 발견하자 계산 실수를 일으킨 일화를 자세히 서술한 뒤, 알아보기 힘든 필체로 다음과 같이 적어 놓았다.

'질문: 시간을 낭비하지 않으려면 어떻게 해야 하는가.

답: 그 시간을 온전히 느낄 것.

방법: 치과 대기실의 불편한 의자에 앉아 하루를 보낼 것, 일요일 오후를 자기 집 베란다에서 보낼 것, 알아듣지 못하는 언어로 진행되는 강연을 들을 것, 가장 길고 불편한 철도 노선을 골라 서서 여행할 것, 공연 매표소에서 줄을 서고 표는 사지 말 것 등등'

그러나 이렇게 메모가 삼천포로 빠져도 곧 오랑에서 운행되는 전차에 대한 묘사로 돌아왔다. 곤돌라 같은 전차의 생김새와 모호한 색깔, 일상이 된 불결함에 대해 상세히 기록하고는 특유의 무관심한 태도로 끝을 맺었다.

어쨌든 쥐 사건에 대한 타루의 메모를 소개하는 것이 좋겠다.

오늘 맞은편에 사는 키 작은 노인이 당황했다. 고양이가 보이지 않는 것이다. 수많은 쥐가 길거리에 죽어 있자 고양이는 사라져 버렸다 내 생각에 고양이가 죽은 쥐를 먹는다는 것은 말도 안 된다. 내가 키웠던 고양이들은 죽은 쥐를 무척 싫어했다. 고양이들은 지하 창고에서 뛰어다니고 있을 것이고, 노인은 어쩔 줄 몰라 쩔쩔매고 있다. 그는 머리도 잘 빗지 않고, 기력도 전과 달랐다. 불안해 보이기도 한다. 잠시 후 그는 가래침을 공중에 한 차례 뱉더니 방으로 들어갔다.

오늘 시내에서 어떻게 기어들어갔는지 알 수 없는 죽은 쥐한 마리가 차내에서 발견되어 전차가 멈춰 섰다. 두세 명의 여성 승객이 전차에서 내렸다. 누군가 쥐를 밖으로 내던졌다. 전차는 다시 출발했다.

호텔의 야간 지배인은 믿을 만한 사람인데, 그는 쥐들 때문에 불행한 일이 생길 것 같다고 말했다.

"쥐들이 배에서 사라지면……."

나는 선박의 경우는 사실이지만 도시에서는 전혀 확인된바 없다고 말해 주었다. 그러나 그는 확신했다. 어떤 불행이 닥칠 것 같으냐고 묻자 그는 불행은 예측 불가능한 것이기에 자기도 알 수 없지만, 지진이 일어나도 놀라지 않을 것 같다고 말했다. 그 말에 동의하자 수위는 걱정되지 않느냐고 물었다.

"나의 유일한 관심사는 마음의 평화를 얻는 것입니다."

내가 대답하자 그는 무슨 말인지 잘 안다고 말했다.

호텔 식당에서 매우 흥미로운 가족과 자주 마주친다. 빳빳한 깃이 달린 검은색 옷을 입은 아버지는 키가 크고 비쩍 말랐다. 그의 머리는 한가운데가 벗겨졌고, 좌우로 실낱같은 잿빛 머리카락이 한 움큼씩 남아 있다. 눈초리가 날카로운 두 눈은 작고 둥글며, 코는 좁은 데다 입을 다물고 있어서 잘 훈련받은 올빼미 같은 인상을 준다. 그는 식당에 항상 먼저 도착하지만 까만 생쥐 같은 작은 아내를 먼저 들여보내고, 재주를 부리는 강아지처럼 차려입은 아들과 딸을 데리고 뒤따라간다. 식탁에 도착하면 아내가 앉기를 기다렸다가 자기도 앉는다. 그래야 두 마리의 강아지도 의자에 앉을 수 있다. 그는 정중하게 존댓말을 사용하는데 아내에게는 가시 돋친 말을, 아이들에게는 단호한 어조로 말한다.

"니콜, 당신은 불쾌하게 행동하는군요."

그러면 딸이 마땅히 그래야 하는 것처럼 눈물을 글썽인다. 오늘 아침에는 아들이 쥐 사건으로 흥분해 있었고, 식사 중에 그 이야기를 하고 싶어 안달이 났다.

"필리프, 식탁에서 그런 이야기는 하지 않는 거예요. 앞으로는 그 단어를 절대 입 밖에 내지 마세요."

"아버지 말씀이 옳아요."

까만 생쥐가 거들었다.

두 강아지는 자신들의 접시에 코를 박았고, 올빼미 씨는 고맙다는 시늉으로 고개를 끄덕였다.

이와 달리 시내에서는 쥐에 관한 이야기가 많이 오간다. 신문도 한몫했다. 지역 소식지도 이제 지면 전체가 시 당국에 대한 반대 캠페인으로 도배되었다. "시 당국은 쥐들의 사체가 썩으며 발생하는 위험을 생각이나 해 봤는가?" 호텔 지배인 역시 입만 열면 그 이야기였다. 그는 화나 있었다. 유명한 호텔 승강기에서 쥐가 발견된다는 것이 그로서는 용납이 안 되었다. 나는 그를 위로하기 위해 모두가 같은 처지라고 말했다.

그러자 그가 "바로 그거요. 우리가 다른 사람과 같은 처지가 됐다는 겁니다."라고 말했다.

사람들이 불안을 느끼기 시작한 그 열병의 첫 번째 사례를 이야기해 준 것도 바로 그다. 호텔의 객실을 청소하던 여성 종업원 한 명이 그 병에 걸렸다.

"물론 전염병은 아닙니다."라고 그는 황급히 선을 그었다.

나는 개의치 않는다고 말했다.

"저도 그렇습니다. 선생님은 운명론자군요."

나는 그런 말을 한 적이 없고, 심지어 운명론자도 아니라고 그에게 말했다.


바로 그때부터 타루는 불안을 자아내는 열병에 대해 상세하게 기록하기 시작했다. 쥐들이 자취를 감추고 고양이들이 다시 나타나자 키 작은 노인이 가래침 사격에 열을 올리고 있다고 적으면서, 열병에 걸린 환자 수가 이미 10여 명에 달하며 대부분 치명적이라고 덧붙였다.

끝으로 타루가 묘사한 의사 리외를 이곳에 그대로 옮겨 보고자 한다. 화자의 판단으로는 실제 모습과 제법 비슷하다.

나이는 약 서른다섯. 보통 체격에 벌어진 어깨. 직사각형에 가까운 얼굴. 정직해 보이는 짙은 눈동자와 돌출된 턱. 큼직하고 반듯한 코. 매우 짧게 자른 검은색 머리. 입매는 살짝 올라가 있고, 두툼한 입술은 늘 굳게 닫혀 있다. 그을린 피부와 검은 털이 시칠리아 농부 같은 인상을 자아낸다. 항상 짙은 색 양복을 입는데 잘 어울린다.

그는 빠르게 걷는다. 속도를 유지하며 보도로 내려가 세 번 중 두 번은 반대편 보도로 가볍게 뛰어오른다. 운전 중에는 방심하기 일쑤여서 회전한 뒤에도 방향 지시등을 잘 끄지 않는다. 모자는 쓰지 않는다. 사정에 밝은 듯한 표정.

타루의 수치는 정확했다. 물론 리외도 그것들을 알고 있었다. 그는 미셸 영감의 시신을 격리한 뒤, 사타구니 발열에 관해 물어보려고 리샤르에게 전화를 걸었다.

"도대체 뭐가 뭔지 모르겠어요." 리샤르가 말했다.

"사망자가 둘인데, 한 사람은 48시간 만에, 한 사람은 사흘 만에 죽었어요. 사흘 만에 죽은 사람은 아침에 회복기 증상을 보여서 한 시름 놓았는데 그만……."

"다른 사례가 있으면 더 알려 주세요." 리외는 말했다.

그는 다른 의사들에게도 전화했다. 취합해 보니 유사 사례가 약 20건 정도 되었다. 대부분 치명적이었다. 리외는 오랑시 의사회 회장이기도 한 리샤르에게 새로 발병하는 환자들을 격리 수용할 것을 요청했다.

"제가 할 수 있는 일이 아무것도 없어요." 리샤르는 답했다. "행정적인 대응책이 마련돼야 해요. 그런데 그게 대체 무슨 근거로 전염될 위험이 있다는 겁니까?"

"근거가 있는 것이 아니라 증상이 우려돼서요."

그러나 리샤르는 자신에게 그런 자격이 없다고 여겼다. 그가 할 수 있는 일이라고는 행정 당국에 이 문제를 보고하는 것뿐이었다.

이러한 대화가 오가는 사이, 날씨는 더욱 나빠지고 있었다. 미셸 영감이 죽은 다음 날, 짙은 안개가 하늘을 뒤덮었다. 억수 같은 소나기가 쏟아져 내린 뒤, 폭풍우를 동반한 무더위가 들이닥쳤다. 뿌연 하늘 아래 푸른빛을 잃은 은빛 바다가 눈이 시릴 정도로 반짝였다. 습도가 높아 후덥지근한 봄의 더위는 차라리 여름의 폭염을 바라게 할 정도였다. 바다를 등진 채 고지대에 나선형으로 자리 잡은 폐쇄된 도시는 우울한 무력감이 짓눌렀다. 사람들은 개흙을 바른 기나긴 벽 한복판에서, 먼지가 내려앉은 뿌연 진열창들이 즐비한 거리에서, 누렇게 변색한 전차 안에서 마치 하늘 아래 감금된 죄수처럼 느꼈다. 오직 리외가 돌보는 늙은 환자만이 천식을 이겨내고 이런 날씨를 즐기고 있었다.

"푹푹 찌는군. 기관지에 좋은 날씨지."라고 그는 말하곤 했다.

찌는 듯한 더위는 열병보다 더하지도 덜하지도 않았다. 도시 전체가 고열을 앓고 있었다. 의사 리외는 코타르 자살 시도 사건 조사 입회차 페데르브 가로 가던 날 아침, 이런 기분에 사로잡혔다. 그는 그런 터무니없는 기분을 신경과민 탓으로 여기고 머릿속을 정리해야겠다고 생각했다.

형사는 아직 도착하지 않았고, 그랑은 층계참에서 형사를 기다리고 있었다. 둘은 우선 문을 열어 놓고 기다리기로 했다. 방 두 개짜리 집에 사는 시청 직원 그랑은 가구가 거의 없었다. 눈에 띄는 것이라고는 사전 두세 권이 꽂힌 흰색 나무 책장과 칠판 하나뿐이었다. 반쯤 지워져 있었지만, 칠판에는 '꽃들이 만발한 오솔길들'이라고 쓰여 있었다. 그랑은 코타르가 간밤에는 잠을 잘 자더니 아침에 일어나서 두통을 호소하고 무력감에 빠져 있었다고 전했다. 그랑은 피곤하고 신경이 예민해 보였다. 그는 탁자 위에 놓인 두툼한 서류철을 열었다 닫았다 하거나 방 안을 서성거렸다. 서류철에는 손으로 쓴 원고가 꽤 들어 있었다.

그랑은 코타르에 대해 잘 모르지만, 그에게 재산이 조금 있는 것 같다고 말했다. 코타르가 워낙 괴짜 같은 성격이라 그들은 오랫동안 계단에서 이따금 인사만 나누는 정도라고 했다.

"그 사람하고는 딱 두 번 말해 봤어요. 며칠 전 분필 상자를 가져오다가 계단에 엎은 적이 있거든요. 빨간색과 파란색 분필들이었는데, 그때 코타르가 나와서 주워 담는 걸 도와주며 이런 색 분필들은 뭐 하는 데 쓰느냐고 물었어요."

그랑은 고등학교를 졸업한 뒤 라틴어를 많이 잊어버려서 공부를 다시 시작해 보려 한다고 설명해 주었다고 했다.

"프랑스어 단어의 의미를 이해하는 데 도움이 된다는 말을 언젠가 들었거든요."

그래서 칠판에 라틴어 단어를 적는다는 것이다. 단어의 격변화와 활용에 따라 변하는 부분은 파란색 분필로, 변하지 않는 부분은 빨간색 분필로 다시 베꼈다.

"코타르가 제 말을 제대로 알아들었는지는 모르겠지만, 흥미가 생겼는지 빨간색 분필 하나를 달라고 하더군요. 좀 놀라긴 했지만 까짓것 뭐……. 물론 저야 그런 용도로 사용될 줄은 꿈에도 몰랐죠."

리외는 둘의 두 번째 대화에 관해 물었다. 그때 마침 서기를 대동한 형사가 와서 먼저 그랑의 진술을 듣고 싶다고 했다. 의사는 그랑이 코타르에 대해 말할 때마다 항상 '불행한 사람'으로 지칭한다는 데 주목했다. 심지어 '비장한 결의'라고도 표현했다. 그들은 자살 동기에 관해 이야기를 나눴는데 그랑은 어휘 선택을 신중히 했다. 결국 '베일에 싸인 슬픔'으로 일단락되었다. 형사는 코타르의 태도에서 '결심'이라고 부르는 그 일을 할 기미 같은 것이 보였는지 물었다. 그랑이 대답했다.

"어제저녁 방문을 두드리더니 그가 성냥을 좀 빌려 달라고 했어요. 그래서 한 갑을 통째로 줬지요. 이웃 사이에 어쩌고저쩌고 하면서 미안해하더라고요. 꼭 돌려주겠다고 했어요. 저는 그냥 가지라고 했고요."

형사는 코타르에게 이상한 점은 없었는지 물었다.

"이상한 점이라면, 대화를 계속하고 싶어 했어요. 그렇지만 저는 일하는 중이었고요."

그랑은 리외를 향해 몸을 돌려 멋쩍게 웃었다.

"개인적인 일이에요."

형사는 환자를 만나 보겠다고 했다. 그러나 리외는 그를 심문하기 전 약간의 언질로 마음의 준비를 시키는 것이 좋을 것 같았다. 리외가 방에 들어가니 연한 회색의 플란넬 잠옷을 입은 코타르가 침대에서 몸을 일으키며 불안한 표정으로 문 쪽을 쳐다봤다.

"형사죠? 그렇죠?"

"네, 염려하지 마세요. 형식적인 조사 몇 가지만 하면 끝날 거예요."

그러나 그는 그런 건 아무짝에도 쓸모없고, 자기는 경찰이 싫다고 했다. 리외는 언짢은 내색을 했다.

"저도 좋아하지 않아요. 묻는 말에만 짧고 명료하게 대답하면 이번 한 번으로 끝날 거예요."

코타르가 입을 다물자 리외가 문 쪽으로 몸을 돌렸다. 키 작은 사내가 서둘러 리외를 불렀다. 그가 침대 곁으로 다가가자 사내가 손을 덥석 잡았다.

"아픈 사람을, 목을 맸던 사람을 뭐라 하지는 않겠죠? 선생님?"

리외는 잠시 그를 보다가 그런 일은 있을 수 없으며 환자를 보호하기 위해 자기가 지금 이곳에 있는 것이라고 안심시켰다. 코타르가 긴장을 풀자 리외는 형사에게 들어오라고 했다.

형사는 그랑의 증언 내용을 코타르에게 읽어 주며 '결단'

의 동기를 분명하게 말할 수 있는지 묻자, 그는 "남모를 슬픔이라, 바로 그거예요."라고만 대답했다. 형사는 또다시 그런 짓을 할 것이냐고 채근했다. 코타르는 흥분해서 그럴 생각도 없고, 바라는 것이라고는 자기를 그냥 내버려 두는 것뿐이라고 말했다.

"분명히 말하지만, 지금 다른 사람들을 귀찮게 하는 건 당신이오."라고 형사는 신경질적으로 말했다. 그러나 리외의 눈짓을 읽은 형사는 그쯤에서 끝냈다.

형사는 밖으로 나오면서 한숨을 내쉬었다.

"아시겠지만, 열병이 발생한 이후로 신경 써야 할 일이 한둘이 아닌데……."

그는 의사에게 사태가 심각하냐고 물었고, 리외는 자기도 잘 모른다고 대답했다.

"날씨 때문이겠죠."라고 형사는 결론을 내리듯 말했다.

날씨 때문인지도 몰랐다. 한나절이 지나면 손이 온통 땀으로 끈적거렸고, 왕진을 다닐수록 리외는 불안해졌다. 그날 저녁, 변두리에 사는 늙은 환자의 이웃이 사타구니를 부여잡고 헛소리를 하면서 구토했다. 림프샘의 멍울 크기가 수위의 것보다 컸다. 멍울 하나가 곪기 시작하더니 곧 썩은 과일처럼 터졌다. 집으로 돌아오자마자 리외는 도내 의약품 보관소에 전화했다. 그날 그의 임상 일지에는 '부정적인 답변'이라고만 적혀 있다. 다른 곳에서도 유사한 증상의 환자들이 이미 그에게 왕진을 청했다. 종양을 짜는 것 말고는 달리 방법이 없었다. 메스를 이용해 십자 모양으로 열면 멍울에서 피고름이 쏟아져 나왔다. 환자들은 능지처참을 당하는 듯 사지를 비틀며 피를 토했다. 곧 배와 다리에 반점들이 생겼고, 멍울들의 생장이 멈췄다 이내 다시 부어올랐다. 대부분 환자가 지독한 악취를 풍기며 죽어 갔다.

신문은 쥐들에 대해서는 그렇게 시끄럽게 떠들었지만, 사람들이 죽는 것에 대해서는 잠잠했다. 쥐들은 거리에서, 사람들은 방 안에서 죽어 갔기 때문이다. 신문은 길에서 일어나는 일들에만 관심을 둔다. 아무도 움직일 생각을 하지 않았지만, 도청과 시 당국은 의문을 품기 시작했다. 의사의 개별적 사례가 두세 건 정도밖에 되지 않았지만 전부 더하니 그 수치에 놀라고 만 것이다. 불과 며칠 사이 사망 건수가 두 배로 늘어난 것이다. 몇몇 사람들은 이 해괴한 질병이 전염병임을 확신했다. 그 무렵, 리외보다 나이는 많지만 동료인 카스텔이 찾아왔다.

카스텔이 그에게 말했다. "자네야 당연히 그게 뭔지 알고 있겠지?"

"분석 결과를 기다리고 있을 뿐이죠."

"내겐 분석 결과 따위는 필요하지 않아. 나는 그게 뭔지 알

아. 의사 노릇 하면서 중국에도 머문 적 있고, 20여 년 전 파리에서 이런 사례를 몇 번 봤지. 그렇지만 당시에는 그것에 이름조차 붙일 수 없었었네. 여론은 무서운 것이어서 섣부르게 행동해서는 안 되거든. 어떤 의사가 '그럴 리가. 서양에서 그것이 없어졌다는 건 누구나 다 알고 있다고.'라고 말했듯 다들 그렇게 알고 있네. 죽은 사람들만 빼고 말이지. 리외, 자네도 이게 무슨 병인지 나만큼이나 잘 알고 있지 않나."

리외는 생각에 잠겼다. 그는 창문을 통해 해안 절벽의 바위 등성이를 멀리 내다봤다. 빛을 잃어 칙칙했던 하늘이 해가 기울자 점점 말갛게 갰다.

"그래요, 카스텔. 있을 수 없는 일이에요. 그렇지만 페스트가 맞는 것 같아요."

카스텔이 자리에서 일어나 문 쪽으로 걸어갔다.

"사람들이 우리에게 뭐라고 말할지 알겠지? '수년 전부터 온대 지방에서는 그것이 사라졌다.'라고 말하겠지."

"사라짐. 그 말이 대체 어떤 의미죠?"

"기억해야 할 건, 파리에서도 고작 20년 전이었지."

"알겠습니다. 그때보다 심하지 않기를 바라야겠군요. 그렇지만 정말 믿기 힘들군요."

'페스트'라는 단어가 이제 막 처음으로 언급되었다. 여기서 화자는 베르나르 리외를 잠시 진료실 창가에 머무르게 하고, 그가 왜 놀라며 의구심을 가졌는지 설명하고자 한다. 사람들 역시 정도의 차이는 있지만 비슷한 반응을 보였기 때문이다. 재앙은 공동의 문제지만, 일단 자기에게 닥치면 쉽사리 믿지 못한다. 역사에는 전쟁만큼 많은 페스트가 발생했다. 그러나 전쟁이 나거나 페스트가 창궐하면 사람들은 언제나 속수무책이다. 의사 리외 역시 달리 방도가 없었다. 그가 불안과 낙관 사이에서 어찌할 바를 몰랐던 것을 이해해야 한다. 전쟁이 일어나면 사람들은 "오래가지 않을 거야. 바보 같은 짓이야."라고 말한다. 전쟁은 어리석기 짝이 없지만 그렇다고 쉽게 멈추지 않는다. 이 어리석음은 여전히 계속되고 있다. 사람들이 자기 생각만 하지 않고 주변을 둘러본다면 쉽게 알 수 있을 것이다. 이런 면에서 오랑 사람들도 다른 사람들과 마찬가지고 자기 문제에만 골똘했다. 재앙을 믿지 않는다는 점에서 그들은 휴머니스트였다. 재앙은 인간의 한계를 벗어난다. 따라서 사람들은 재앙을 비현실적으로 여기거나, 꿈에서 깨어나면 사라질 악몽 쯤으로 치부해 버린다. 그것은 지나갈 때도 있지만 모두 그런 것은 아니다. 악몽이 진행됨에 따라 사라지는 쪽은 사람들, 특히 낙관하느라 아무런 대비를 하지 않은 휴머니스트들이다. 오랑 사람들은 다른 사람들보다 잘못한 것이 더 많았기 때문이 아니라 우리가 단지 보잘것없는 존재임을 잊고 있었을 뿐이다. 재앙을 믿지 않았기 때문에 낙관할 수 있었다. 그들은 사업을 계속 진행했고, 여행 계획을 세웠으며, 저마다의 견해도 가지고 있었다. 미래, 여행, 토론을 앗아 가는 페스트를 그들이 어찌 상상할 수 있었겠는가. 그들은 자유롭다고 믿었지만, 재앙이 발생한 이상 그 누구도 자유롭지 못할 것이다.

아직 소수이기는 하지만 페스트에 의한 사망자가 발생하고 있다는 사실을 동료 의사 앞에서 인정한 뒤에도 리외는 이러한 위험이 비현실적인 것처럼 느껴졌다. 다만 직업상 고통에 대한 개념을 가지고 있고, 일반 사람들보다 구체적으로 그것을 상상할 수 있기는 하다. 리외는 평소와 다를 바 없는 도시를 창밖으로 내다보았다. 불안이라는 미래 앞에서 속이 약간 메스거렸다. 페스트에 대해 알고 있는 것을 끌어 모았다. 숫자들은 그의 기억 저편에서 가물거렸고, 역사에 기록될 정도로 규모가 컸던 30여 개의 페스트로 약 1억 명의 사상자가 발생했음을 떠올렸다. 1억 명의 사상자가 도대체 무슨 의미란 말인가. 전쟁이 일어나면 한 명의 사상자에게 어떤 의미가 있는지는 다루지 않는다. 죽어 가는 장면을 직접 목도했을 때, 비로소 실감할 뿐이다. 인류 역사에 흩뿌려진 1억 명의 죽음은 상상 속에 존재하는 한 줄기 연기에 불과하다. 의사는 콘스탄티노플의 페스트에 대해 떠올렸다. 프로코피우스에 따르면 하루 동안 1만 명의 사상자가 발생했다. 1만 명이란 대형 극장 관광객의 5배에 해당하는 수다. 다섯 개의 극장에서 나오는 사람들을 시내의 큰 광장으로 데려간 다음 모두 죽여서 무더기로 쌓아 놓는다고 생각해 보라. 그럼 이 더미 위에 낯익은 얼굴을 그려 볼 수 있을 것이다. 그러나 이것은 실현 불가능하다. 1만 명이나 알고 있는 사람이 또 어디 있겠는가. 심지어 다들 알다시피 프로코피우스와 같은 옛날 역사가들은 수를 셀 줄 몰랐다. 70년 전 광둥에서는 사람들에게 페스트가 퍼지기 전, 4만 마리의 쥐가 페스트에 걸려 죽었다. 그러나 1871년에는 쥐의 수를 셀 방법이 없었다. 어림해 센 것이 분명하기에 오차 발생 가능성이 크다. 그렇지만 쥐 한 마리의 길이를 30센티미터라 하고 4만 마리를 잇는다고 가정하면…….

의사는 초조해졌다. 지금까지는 흘러가는 대로 보고 있었지만 이제는 그래서는 안 될 것 같았다. 몇몇 사례만 보고 전염병이라고 단정 짓기는 힘들지만, 예방책은 마련해야 할 것 같았다. 드러난 사실에 집중해야 했다. 마비, 탈진, 충혈, 구강 오염, 가래톳(넙다리 윗부분의 림프샘이 부어 생긴 멍울), 두통, 사타구니의 멍울, 극심한 갈증, 정신 착란, 전신 반점, 사지를 뒤트는 통증, 그리고 마침내……. 어떤 문장이 리외의 머릿속에 떠올랐다.

'맥박이 실낱같이 약해지고, 뒤척이다가 느닷없이 사망한다.'

그렇다. 일련의 증상들이 모두 나타나고 나면 환자는 한 줄기 실에 매달려 있는 셈이 되고, 정확한 수치에 따르면 네 명 가운데 세 명이 죽음을 재촉하는 미미한 몸짓을 서두르는 것이다.

의사는 여전히 창밖을 내다보고 있었다. 유리창 너머에는 상쾌한 봄 하늘이, 방 안에는 페스트라는 단어가 펼쳐져 있었다. 그 단어에는 과학적인 내용뿐 아니라 일련의 예외적인 이미지들도 담겨 있었다. 그 이미지는 이 시간 소란스럽기보다 부산스러운 도시의 활기, 행복과 불행이 공존 가능한 것이라면 행복하다고 말할 수 있는 이 누런 잿빛 도시와는 어울리지 않았다. 이 도시가 보여 주는 이토록 평화롭고 무심한 듯

평온한 모습은 오랫동안 전해 내려오던 재앙의 이미지를 빠르게 지웠다. 페스트에 의해 새들이 남김없이 사라진 아테네, 조용히 주어 가는 사람들로 가득 찬 중국 도시들, 썩은 물이 뚝뚝 떨어지는 시체들로 구덩이를 채우던 마르세유의 죄수들, 페스트의 광풍을 막으려 프로방스 지방에 세워진 거대한 성벽, 야파 시와 흉측한 몰골의 그곳 거지들, 콘스탄티노플 병원 흙바닥에 들러붙어 썩어 문드러진 침구들, 페스트가 창궐하자 가면을 쓰고 사육제에 나타난 의사들과 갈고리에 꿰여 질질 끌려 다니던 환자들, 밀라노 공동묘지에서 벌어졌던 산 자들의 성교, 공포에 질린 런던의 시체 운반 수레들, 밤낮으로 사방에서 들리던 비명들, 이 모든 이미지가 그날의 평화를 앗아 갈 만큼 위력적이지는 않았다. 유리창 저편에서 울린 보이지 않는 전차의 경적이 잔혹함과 고통을 순식간에 무력화시켰다. 생기를 잃은 체스 판 모양의 집들. 저 끝에서 오직 바다만이 알 수 없는 불안과 그 무엇이 이 세상에 존재함을 말해 주고 있었다. 리외는 만을 바라보며 루크레티우스가 말한 화장터의 장작더미를 생각했다. 페스트가 창궐하자 아테네 사람들은 바다에 장작더미를 쌓아 놓고 밤이 되면 그곳으로 시체를 옮겼다. 자리가 모자라자 산 사람들은 소중했던 사람의 사체를 그곳으로 옮기기 위해 서로 횃불을 휘두르며 싸웠다. 시체를 아무 데나 버리는 것보다 유혈이 낭자한 싸움을 선택한 것이다. 어둡고 고요한 바다를 앞에 두고 벌겋게 타오르는 장작들과 탁탁 소리를 내며 타오르는 불꽃, 조용히 굽어보는 하늘을 향해 솟아오르는 매캐한 연기, 횃불을 들고 벌이는 한밤의 전투, 리외는 이런 것들을 상상했다. 두려운 것은……

그러나 이 현기증 나는 상상도 이성 앞에서 사그라졌다. '페스트'라는 단어가 언급된 것도 사실이고, 바로 이 순간에도 재앙에 의해 또 다른 희생자가 쓰러지고 있었다. 그러나 이 재앙이 멈출 수도 있다. 인정해야 할 것은 인정하고, 쓸데없는 환영들은 쫓아버린 뒤 적절한 대책을 세우는 일이 급선무였다. 그렇게 되면 상상할 수 없거나 상상하지 않기 때문에 재앙은 멈출 것이다. 가장 가능성 있는 일이지만 만약 페스트가 멈춘다면, 모든 것이 잘 될 것이다. 반대의 경우라면, 그것이 대체 무엇인지, 그것과 싸워서 극복할 방법이 있는지 찾아보아야 한다.

창문을 열자 도시의 소음이 갑자기 커졌다. 이웃에 있는 작업장에서 짧게 반복되는 기계톱 소리가 났다. 리외는 머리를 흔들었다. 확실한 것은 우리가 매일매일 반복되는 노동 속에 있다는 것이었다. 그 외에는 실낱에 매달린 무의미한 몸짓들, 거기서 멈출 수 없었다. 무엇보다 중요한 건 자기 일에 충실히 임하는 것.

리외의 생각이 거기까지 다다랐을 때, 조제프 그랑이 찾아왔다. 그는 시청 직원으로 각종 업무에 시달리면서도 정기적으로 통계과나 호적과 업무에 동원되기도 했다. 그런 연유로 이 질환으로 말미암은 사망자 수를 합산했고, 워낙 싹싹한 성격이라 집계 결과를 기록한 사본 한 부를 직접 리외의 진찰실로 가져다주기로 했다.

그랑은 이웃인 코타르와 함께 진찰실로 들어왔다. 시청 직원은 종이 한 장을 좌우로 흔들면서 말했다.

"사망자가 늘고 있어요. 48시간 만에 11명이에요, 선생님."

리외는 코타르의 몸 상태를 물었다. 그랑은 코타르가 의사 선생님께 감사를 드리고, 폐를 끼친 것을 사과드리고 싶어 했다고 전했다. 그러나 리외는 통계 결과만 보고 있었다.

"지금까지는 주저했지만, 이제 이 질병의 이름을 밝힐 것인지 결정해야 합니다. 연구소까지 가야 하는데 저와 같이 가시죠."

리외가 말했다.

"그렇고말고요. 무엇이든 제 이름으로 불러야죠. 그런데 병명이 뭔가요?"

그랑이 계단을 따라 내려가며 물었다.

"그건 말씀드릴 수 없군요. 말씀드린다고 해서 선생님에게 별 도움도 안 되고요."

"그거 보세요." 시청 직원은 웃으며 말했다.

"결코, 쉬운 일이 아닌 거예요."

그들은 아름 광장 쪽으로 향했다. 코타르는 여전히 말이 없었다. 거리는 사람들로 붐비기 시작했다. 어둠이 다가오자 황혼은 뒷걸음질쳤다. 제일 먼저 뜬 별들이 아직 선명한 지평선 위로 떠오르고 있었다. 잠시 후 가로등이 켜지자 하늘은 더욱 어두워지고, 사람들의 대화 소리는 한층 더 커진 듯했다.

"죄송합니다." 아름 광장 모퉁이에 이르자 그랑이 말했다.

"저의 저녁은 신성불가침이라 이제 전차를 타야겠어요. 제 고향에서는 흔히 '오늘 일을 내일로 미루지 말라.'라고 하죠."

리외는 이미 그랑이 경구를 인용하는 이상한 버릇을 눈치 챘다. 몽텔리마르 출신의 그는 고향의 표현들을 들먹거리다 가 '꿈같은 시절'이라든가 '환상적인 불빛' 같은 듣도 보도 못 한 낡은 문구들을 덧붙이는 버릇이 있었다.

"정말 그래요. 저녁 식사 후에는 저 사람을 집 밖으로 끌어 낼 수가 없어요."

코타르가 말했다.

리외는 그랑에게 시청에서 하는 일 때문이냐고 물었다. 그 랑은 사적인 일이라고 대답했다.

"그렇군요. 한데 잘 되어 가나요?"

말없이 있기 멋쩍은 생각에 리외가 물었다.

"그럼요. 몇 해 전부터 그 일에 전념하고 있으니까요. 그렇 지만 달리 보면 별 진전이 없다고도 할 수 있죠."

"대체 어떤 일인데요?"

리외가 멈춰서서 말했다.

그랑은 그의 큰 귀를 덮고 있는 둥근 모자를 괜스레 푹 눌 러쓰면서 말을 얼버무렸다. 그것이 그의 이상한 버릇과 연관 되어 있다는 것을 어렴풋이 짐작할 수 있었다. 시청 직원은 어느새 그들과 멀어져 무화과나무가 늘어선 마른느 가를 종 종걸음으로 올라가고 있었다. 연구소 문에 선 코타르는 의사 에게 찾아뵙고 조언을 듣고 싶다고 말했다. 리외는 호주머니

에 들어 있는 통계 자료를 만지작거리며 진찰 시간에 오라고
했다가 곧 생각을 바꾸고, 내일 그가 사는 동네에 볼일이 있
으니 오후 늦게 들르겠다고 말했다.

코타르와 헤어지면서 의사는 페스트 한가운데에 있는 그
랑을 상상했다. 별로 대단치 않아 보이는 지금의 페스트가 아
니라 역사에 한 획을 그을 페스트의 한복판에서도 살아남을
그랑을 말이다. '재앙 속에서도 살아남을 법한 사람이야.' 그
는 페스트가 허약 체질은 살려 주고, 지극히 혈기 왕성한 사
람을 죽인다는 것을 읽은 기억이 났다. 그랑에게는 약간 신비
로운 분위기가 있었다.

사실 조제프 그랑은 언뜻 보기에도 시청의 하급 직원으로
보였다. 외모도 그랬다. 옷은 오래 입어야 한다고 생각해 언
제나 지나치게 큰 사이즈를 사다 보니 마른 몸이 옷 속에서
둥둥 떠다니는 것 같았다. 아랫잇몸에는 대부분 이가 남아 있
었지만, 윗잇몸에는 이가 하나도 없었다. 웃을 때 윗입술이
유난히 말려 올라가는 바람에 그의 입은 얼굴에 안착한 블랙
홀처럼 보였다. 이런 얼굴에 신학생 같은 몸가짐, 벽을 스치
듯 걸어가다가 문 안으로 미끄러지듯 들어가는 재주, 담배와
지하실 냄새, 만사에 무심한 듯한 표정을 보면 사무실 책상
에 앉아 공중목욕탕 요금을 조정한다든지 자기보다 어린 문
서계 직원을 위해 생활 쓰레기 수거에 관한 새로운 세금 부과

보고서에 들어갈 자료를 모으는 데 전념하는 것 외의 모습은 상상하기 힘들다. 선입견을 버리더라도, 일당 62프랑 30상팀을 받는 시청 비정규직 직원은 **별로** 드러나지는 않지만 없어서는 안 되는 일을 수행하기 위해 이 세상에 태어난 것 같았다.

이 사실은 그의 고용 서류에 기재되어 있다. 22년 전 돈이 없어 대학을 중퇴하고 그 직책을 맡기로 했을 때, 사람들이 희망을 불어넣기도 해서 이른 시일 내 정식 발령이 날 줄 알았다. 임시 직책은 미묘한 행정 업무에 대한 수행 능력 평가에 불과했다. 사람들은 문서계 직원으로 정식 발령을 받으면 먹고사는 데는 문제없을 거라고 확신했다. 조제프 그랑은 우울한 미소를 지으며 자기는 야심에 의해 움직이지 않는다고 말했다. 그러나 정직한 방식으로 돈을 벌어 안락한 생활을 누릴 수 있다는 전망과 그렇게 해서 자신이 좋아하는 일에 원 없이 몰두할 수 있다는 가능성에 마음이 끌렸다. 그가 시청의 비정규직 자리를 수락한 것은 그런 명예로운 이유, 이를테면 이상적인 어떤 것에 대한 신념 때문이었다.

임시직 상태는 생각보다 오래갔다. 물가는 가파르게 올랐지만, 그랑의 월급은 소폭 상승했을 뿐이었다. 그는 리외에게 이러한 점을 하소연하기도 했지만, 사실 누구도 자신의 문제에 관심이 없어 보였다. 그것이 그랑의 특이한 점, 혹은 그의 특징 중 하나다. 자신이 확신하지 못했더라도 최소한 약속받은 부분에 대해서는 권리를 주장할 수 있지 않았을까. 그러나 그를 고용한 국장이 오래전에 사망한 데다 그 자신도 당시 받았던 약속 내용을 정확하게 기억하지 못했다. 한마디로 그랑은 자신의 권리를 주장할 적절한 말을 찾지 못했다.

리외도 주목했던 사실이지만 이런 특징이야말로 오랑의 시민, 그랑의 면모를 가장 잘 보여 주는 것이다. 이러한 특질 때문에 청원서를 쓰거나 상황에 따라 청탁해야 하는 순간에도 그는 늘 망설였다. 그의 말에 따르면 '권리'라는 용어는 그 권리를 확신하지 못해 사용할 수 없었고, '약속'이라는 용어는 보잘것없는 직책에는 무례한 면이 있어서 사용할 수 없었다. 또 '호의', '청원', '감사'와 같은 용어는 개인적으로 자존심이 상해서 사용하지 못했다. 이렇듯 적절한 용어를 찾기 어려워 그랑은 나이가 지긋해질 때까지 비정규직에 머물러 있었다. 게다가 생활비는 수입에 맞추면 되니 소비 생활에는 별문제가 없다는 사실은 '경험'을 통해 깨달았다. 그래서 그는 '결국(그는 논증의 무게를 싣는 '결국'이라는 말을 강조했다.) 굶어 죽는 사람을 한 번도 못 봤다.'는 이 도시의 영향력 있는 사업가이기도 한 시장의 말을 인정하기로 했다. 거의 금욕에 가까운 생활로 물질에 대한 성가신 근심을 해방한 것이다. 그는 여전히 계속 적절한 단어를 찾고 있었다.

어떤 의미에서 그의 생활은 모범적이었다. 그는 선의에서 나오는 용기를 여전히 간직하고 있었는데, 그건 오랑에서든 다른 도시에서든 찾아보기 힘들었다. 그리 많지 않지만 그랑의 자기 고백에는 요즘은 보기 힘든 선의와 인정이 담겨 있다. 그는 2년에 한 번씩 프랑스에 가서 만나는 유일한 혈육인 누이와 조카들을 사랑한다고 인정하며 그것을 부끄러워하지 않았다. 젊었을 때 세상을 떠난 부모님을 생각하면 슬퍼진다고도 했다. 일말의 망설임도 없이 오후 5시경 동네에 부드럽게 울리는 종소리를 좋아한다고 고백하기도 했다. 이런 단순한 감정들을 전하기 위해 사소한 단어 하나를 찾는 일도 그에게는 무척이나 힘든 일이었다. 이 어려움이 그의 가장 큰 걱정거리였다. "선생님, 자신을 잘 표현하는 방법을 배울 수 있다면 좋겠어요." 그는 리외를 만날 때마다 이렇게 말하곤 했다.

그날 저녁 시청 직원이 멀어지는 모습을 보면서, 리외는 문득 그랑이 말하고자 했던 것이 무엇인지 이해할 수 있었다. 그는 아마도 어떤 책 한 권을, 아니면 그와 유사한 무언가를 쓰고 있을지 모른다. 연구소에 도착했을 때까지도 그 사실이 리외를 안심시켰다. 어리석다는 것을 알지만 존경할 만한 일에 열중하는 검소한 관리들이 사는 이 도시에 페스트가 퍼질 수 있다는 사실을 믿기 힘들었다. 더 정확히 말해, 페스트가 퍼지는 사회에 그런 기이한 행동 양식이 존재할 수 있다는 사실이 믿기지 않았다. 따라서 리외는 이 도시에서 페스트가 창궐하지 못할 것만 같았다.

이튿날, 리외는 지나칠 정도로 고집을 부려 도청 보건 위원회를 소집했다.

"사람들이 불안에 떨고 있는 건 사실입니다. 거기다 여론이 들끓어서 모든 것이 과장돼 있어요. 도지사는 저에게 '가능한 한 빠르면서도 조용한 해결'을 주문하더군요. 도지사는 괜한 호들갑이라고 믿고 있어요."

베르나르 리외는 카스텔을 태워 도청으로 향했다.

"도내에 혈청이 하나도 없다는 사실을 알고 있나요?" 차 안에서 카스텔이 물었다.

"네, 의약품 보관소에 전화를 해 봤어요. 소장이 깜짝 놀라더라고요. 파리에서 공수해야 합니다."

"오래 걸리지 않아야 할 텐데."

"어제 전보를 보냈어요." 리외가 말했다.

도지사는 친절했지만, 신경질적으로 보였다.

"여러분, 시작합시다. 상황을 보고해 드릴까요?"

리샤르는 그럴 필요가 없다고 생각했다. 의사들은 사정을 잘 알고 있었다. 어떤 조치를 해야 하는지, 오직 그것만이 궁금했다.

"알아야 할 건, 이것이 페스트냐 아니냐 입니다."

나이가 많은 카스텔이 단도직입적으로 말했다.

의사 두세 명이 탄성을 질렀다. 다른 이들은 망설이는 것 같았다.

도지사는 놀라서 소스라치더니, 어처구니없는 말이 복도로 새어나가지 않도록 문이 잘 닫혀 있는지 확인하려는 듯 문쪽으로 몸을 돌렸다.

리샤르는 우리가 확실하게 말할 수 있는 건 사타구니 합병증을 동반하는 열병이라는 것뿐이며, 의학에서든 일상에서든 추측은 매우 어리석은 것이어서 섣부르게 동요해서는 안 된다고 말했다. 누런 수염을 부드럽게 씹던 카스텔은 맑은 눈으로 리외를 보았다. 그러고는 자애로운 눈길로 청중을 한 바퀴 돌려 보며 자신은 그것이 페스트임을 잘 알고 있고, 그 사실이 공식화되면 당연히 가혹한 조처를 할 수밖에 없다고 했다. 동료들이 주저하는 이유도 이 사실을 아주 잘 알고 있기 때문이며, 그들을 안심시키기 위해서라도 페스트가 아니라고 하고 싶다고 했다. 도지사는 어쨌든 좋은 추론 방식은 아니라며 인정부절못했다.

"제 생각에 중요한 것은 추론 방식이 아니라, 그것을 생각하도록 만든다는 것이죠." 카스텔이 말했다.

리외가 아무 말도 하지 않자, 사람들이 그에게 의견을 물었다.

"장티푸스식 열병이지만 림프샘 멍울과 구토를 수반합니다. 저는 멍울을 절개해 분석을 의뢰했는데, 연구소에 따르면 페스트균 덩어리가 발견됐다고 합니다. 하지만 엄밀히 말하자면 균의 특수한 변화 양상이 전형적인 페스트의 변화 양상과는 차이가 있습니다."

리샤르는 바로 그 점 때문에 자신이 이를 주저하고 있으며 분석을 의뢰해 뒀으니 결과를 기다려 봐야 한다고 강조했다.

잠시 가만히 있던 리외가 대답했다.

"정말 한시도 망설일 수 없습니다. 세균으로 말미암아 사흘 만에 비장이 4배로 붓고 장간막 림프샘이 오렌지만큼 커져서 죽처럼 물렁물렁해지니까요. 감염되는 가정이 점점 늘어나고 있습니다. 병이 퍼지는 속도로 보면 멈추지 않는 한 2개월 이내에 도시 인구 절반이 죽을 수도 있습니다. 따라서 페스트라 부르든 열병이라 부르든 그것은 별로 중요하지 않아요. 중요한 것은 시민의 절반이 사망하는 상황을 막는 것입니다."

리샤르는 사태를 너무 비관적으로 보아서는 안 되며, 자기 환자의 가족들은 아직 무사한 것으로 미루어 아직 전염성을 입증할 수 없다고 반박했다.

"하지만 다른 사람들은 죽었어요."라고 리외는 지적했다. "물론 그랬다면 사망자 수가 무수히 늘었겠죠. 비관적으로 보자는 것은 아닙니다. 전염성이 확실한 것은 아니지만, 예방 조처는 하자는 겁니다."

그러나 리샤르는 이 열병이 저절로 사라지지 않는 한 법에 근거한 방제 대책을 마련해야 한다고 말했다. 또한 그러기 위해서는 그 병이 페스트라는 사실을 공식적으로 인정해야 하는데, 절대적인 확신이 현재로서는 불가능하니 이 문제는 신중하게 생각할 수밖에 없다고 지적했다.

"문제는…… 법률의 엄격함이 아니라 시민 절반이 사망하는 일을 막는 데 그러한 조치가 필요한가를 판단하는 일입니다. 나머지는 행정적 절차인데, 바로 그 때문에 우리 제도에 도지사가 있는 것이지요."

"그렇긴 하죠." 도지사가 말했다. "그러나 제겐 이것이 페스트라는 여러분의 공식적 인정이 필요합니다."

"우리가 페스트라고 인정하지 않아도 그 병이 도시 절반의 생명을 앗아 갈 수 있다는 것이죠."

리외가 말했다. 이때 리샤르가 신경질적으로 끼어들었다.

"증상을 설명할 때도 그랬지만, 그는 이미 페스트라고 진단하고 있어요."

리외는 증상을 진단한 것이 아니라, 자신이 본 것을 말한 것뿐이라고 대꾸했다. 그가 본 것은 림프샘 멍울과 반점 그리고 심각한 고열로 헛소리를 하던 환자가 48시간 만에 사망한 사실이었다. 또한 이 전염병이 별다른 예방 대책 없이 멈출 수 있다고 단언한 데에 리샤르 씨가 책임질 수 있느냐고 반문했다.

리샤르는 주저하다가 리외를 쳐다보았다.

"이 병이 페스트라는 데 확신하십니까?"

"핵심을 잘못 짚었습니다. 이건 용어의 문제가 아니라 시간의 문제입니다."

"선생님의 생각은 이것이 페스트인지 확실하게 규정할 순 없지만, 페스트와 동일한 방제 대책이 필요하다는 지적이군요."

도지사가 말했다.

"그렇습니다."

의사들이 각자 의견을 주고받았고, 마침내 리샤르가 입을 열었다.

"우리는 일단 이 병을 페스트로 가정하고 행동할 책임이 있는 거군요."

모두 이 표현에 열렬히 동의했다.

"당신도 그렇게 생각하죠?"

리샤르가 물었다.

"표현은 별로 상관하지 않습니다. 위험성이 없다고 해서 낙관적으로 대처해서는 안 된다는 겁니다. 그러지 않으면 시민의 절반가량이 죽을 수도 있으니까요."

리외는 말을 마치고 소란스러운 회의실을 나왔다. 얼마후, 튀김 냄새와 지린내가 뒤섞인 변두리 동네에서 사타구니가 피투성이가 된 여성이 죽을 듯이 소리를 지르며 그를 쳐다보았다.

회의가 있었던 다음 날, 열병은 더욱 확산되었다. 그러나 신문 보도는 몇 가지 암시만 하는 수준에 그쳤다. 이틀 뒤, 리외는 도청에서 붙여 놓은 흰색의 작은 벽보들을 시내의 가장 으슥한 곳에서 발견했다. 당국이 사태를 직시하고 있다는 사실을 찾아보기 어려운 벽보였다. 엄격한 조치가 없는 것으로 보아 여론을 자극하지 않기로 한 듯했다. 포고문의 머리말에는 이렇게 적혀 있었다. '전염된다고 단정할 수 없지만, 악성 열병이 오랑에 몇 건 발생했다. 그 증상들이 실제로 우려할 만한 특징을 보여 주는 것은 아니다. 당국은 사람들이 냉정함을 잃지 않으리라 믿는다. 그런데도 신중히 처리하기 위해 사람들에게 양해를 구하고 몇 가지 예방 조처를 하고자 한다. 적극적으로 협조해 준다면 방제 대책이 전염병의 위협을 미

리 방지할 수 있을 것이다. 그렇게 해 주리라 믿는다.'

이어서 벽보는 전반적인 대책을 전했다. 그 가운데 하수구에 독가스를 분사해 과학적으로 쥐를 박멸한다든가 식수 공급을 엄격하게 감독한다는 조항도 있었다. 위생 관리를 철저히 할 것과 몸에 벼룩이 있는 사람들은 시의 보건소에 방문하도록 권고했다. 또 의사의 진단을 받으면 의무적으로 당국에 신고하고, 환자를 특별 병실에 격리 수용하는 데 동의해야 했다. 격리 병실에는 빠르게 환자를 치료할 수 있는 설비가 갖춰져 있다고 설명했다. 환자의 방과 운송 차량은 의무적으로 소독해야 했다. 나머지 조항들은 주변 사람들에게 위생 판단을 받도록 권하는 내용이 전부였다.

리외는 벽보를 보다가 몸을 돌려 서둘러 진료실로 향했다. 그곳에서 그를 기다리고 있던 조제프 그랑은 전날 밤 시내 사망자 수가 10여 명 늘어났다는 얘기를 해 주었다.

"네, 저도 알고 있어요. 사망자 수가 증가하고 있어요."

의사는 자기가 지금 코타르를 만나러 가야 하기 때문에 아마 저녁에나 만날 수 있을 거라고 말했다.

"잘 생각하셨어요." 그랑이 말했다. "선생님이 찾아가면 좋아할 거예요. 그가 벌써 좀 변한 것 같더라고요."

"뭐가 변했죠?"

"친절해졌어요."

"전에는 그렇지 않았나요?"

그랑은 머뭇거렸다. 코타르는 불친절하지 않았다. 그런 표현은 적절하지 않았다. 코타르는 폐쇄적이며 말이 없고, 멧돼지 같은 모습의 사내였다. 자신의 침실, 싸구려 식당, 수상해 보이는 외출이 일상의 전부였다. 표면적으로는 포도주의 리쾨르를 파는 주류 판매원이었다. 고객인 듯한 두세 명이 이따금 그를 찾아왔다. 저녁이면 가끔 집의 맞은편에 있는 극장에 가곤 했다. 시청 직원은 코타르가 갱 영화를 좋아하는 것까지 눈여겨보고 있었다. 코타르는 언제나 혼자였고, 타인을 경계했다. 그런데 그랑은 이 모든 것이 변했다는 것이다.

"뭐라고 말해야 좋을지 모르겠어요. 제가 받은 느낌으로는 모든 사람과 어울리려고 애쓴다고 해야 할까. 저에게도 말을 자주 걸고 외출하자고 청하기도 하는데, 번번이 거절하기도 힘들죠. 저도 어느 정도는 그 사람에게 관심이 있으니까요. 그 사람의 목숨을 구하기도 했고요."

자살 실패 후, 코타르를 찾아온 사람은 아무도 없었다. 거리나 거래처에서 그는 온갖 호감을 사기 위해 노력했다. 식료품 가게 주인과 붙임성 있게 대화했고, 담뱃가게 여주인의 이야기에 누구보다 귀를 기울였다.

"그 담뱃가게 여자는 진짜 표리부동한 인간이라고 코타르에게 일러줬더니, 그는 내 생각이 잘못됐다면서 그녀에게 좋은 점이 있으며 그것을 발견할 줄 알아야 한다고 말하더군요."

코타르는 도시의 근사한 식당이나 호화로운 카페에 그랑을 두세 번 데리고 갔다. 그런 곳을 자주 드나들기 시작한 것이다.

"가면 기분이 좋아지거든요. 손님들도 품위 있고."

종업원들은 코타르를 특별 대접하고 있었는데, 그랑은 그것이 과도한 팁 때문임을 알게 되었다. 코타르는 팁을 받은 사람들이 보이는 친절에 민감한 듯했다. 언젠가 지배인이 그를 배웅하며 외투 입는 것을 도와주자 코타르는 그랑에게 이렇게 말했다.

"괜찮은 종업원인 것 같으니 증언을 해 줄 수도 있겠어요."

"무슨 증언 말인가요?"

코타르가 주저하며 물었다.

"그러니까 제가 나쁜 사람이 아니라는 것을요."

그는 변덕도 심했다. 식료품 가게 주인이 평소보다 불친절하면 엄청나게 화가 나서 집으로 돌아왔다.

"다른 놈들과 한통속이라니. 망할 자식."이라는 말을 그는 몇 번이나 했다.

"누구하고 말인가요?"

"다른 모든 놈이요."

그랑은 담뱃가게에서 이상한 장면을 목격하기도 했다. 한창 대화를 나누던 와중에 점주가 해변에서 아랍인을 죽인 젊은 사무원이 체포되었다는, 최근 알제리를 뜨겁게 달군 사건에 관해 이야기했다.

"그런 놈팡이들은 모조리 교도소에 처넣어야 정직한 사람들이 제대로 숨을 쉬며 살 거예요."

그러자 코타르가 갑자기 흥분해서 한마디 말도 없이 밖으로 뛰쳐나가는 바람에 점주는 하던 말을 중단해야 했다. 그랑과 점주는 그가 사라지는 모습을 멍하니 지켜볼 수밖에 없었다.

이후로도 그랑은 리외에게 코타르의 달라진 점을 몇 가지 더 알려 주었다. 언제나 자유로운 의견을 개진하는 코타르는 '큰 놈이 작은 놈을 잡아먹기 마련이다.'라는 문장을 좋아했다. 얼마 전부터는 지역의 보수 성향 신문만 사서 읽기도 했다. 그는 그것을 공공장소에서 읽었는데, 그랑이 보기에 그것은 일종의 과시처럼 느껴졌다. 또 회복된 지 얼마 지나지 않았을 때, 그랑이 우체국에 가려고 하자 자신은 멀리 있는 누이동생에게 매달 100프랑씩 우편환을 보내고 있는데 그것을 대신 부쳐 달라고 부탁하기도 했다. 그랑이 나가려고 하자 코타르는 이렇게 말했다.

"200프랑을 보내 주세요. 좋아서 깜짝 놀랄 거예요. 그 애는 내가 자기 생각을 전혀 하지 않는다고 여기지만 사실 난 그 애를 많이 사랑하죠."

마지막으로 둘은 흥미로운 대화를 나눴다. 그랑이 매일 저녁 몰두하는 일에 대해 코타르가 궁금증을 참지 못하고 물었고, 그랑은 대답할 수밖에 없었다.

"알겠어요." 하고 코타르가 말했다. "책을 쓰고 있군요."

"그렇게도 볼 수 있지만 조금 더 복잡합니다."

"아!" 코타르는 외쳤다. "저도 당신과 같은 일을 하고 싶습니다."

그랑이 놀란 듯한 표정을 짓자, 코타르는 자신이 예술가라면 여러 가지 문제가 해결될 것이라고 중얼거렸다.

"왜요?"

"예술가는 다른 이들보다 더 많은 권리를 가지고 있으니까요. 모두 아는 사실이겠지만 그들에게는 여러 가지를 묵인해 주죠."

벽보를 본 날 아침, 그랑의 설명을 들은 리외가 말했다.

"저런. 그 사람도 다른 사람들처럼 쥐 사건 때문에 머리가 좀 이상해진 모양이군요. 아니면 열병에 걸릴까 봐 무서운 겁니다."

"그런 것 같지는 않아요. 제 생각에는……."

그때 쥐를 박멸하는 차가 창문 아래로 요란한 소리를 내며 지나갔다. 리외는 서로의 목소리를 들을 수 있을 때까지 잠자코 기다리다가 별생각 없이 그랑의 의견을 물었다. 그는 심각한 표정으로 리외를 쳐다봤다.

"그 사람은 뭔가 자책하고 있었어요."

의사는 어깨를 으쓱했다. 형사의 말마따나 지금은 신경 쓸 일이 한둘이 아니었다.

오후에 리외는 카스텔과 의견을 나누었다. 혈청의 도착이 지연되고 있었다.

"그런데 혈청이 쓸모가 있을까요? 이번 세균은 좀 이상해서요."

"나는 생각이 조금 다르네. 그놈들은 항상 뭔가 달라 보이지만 결국 같지."

"그렇게 짐작하는 것뿐이지 사실 우리는 아는 게 전혀 없잖아요."

"물론 추측일 뿐이지만 다른 사람들도 모르기는 마찬가지 아닐까?"

그는 페스트를 생각할 때마다 온종일 가벼운 현기증이 느껴지더니, 이내 점점 더 심해지는 듯했다. 리외는 결국 자신이 겁을 먹고 있다는 것을 알았다. 그는 사람들로 가득한 카페에 두 번이나 들어갔다. 코타르처럼 사람들의 체온이 그리웠다. 어리석은 행동 같았지만, 그 덕분에 주류 판매원을 방문하기로 한 약속을 기억해 냈다.

그날 저녁, 코타르는 식탁 앞에 앉았다. 식탁 위에는 어둠이 짙게 깔려 책을 읽기 어려워 보이는 탐정 소설 한 권이 펼쳐져 있었다. 코타르는 어슴푸레한 저녁의 빛에 파묻혀 생각에 잠겨 있었다. 리외는 코타르에게 어떻게 지내냐고 물었다. 그러자 그는 자리에 앉으면서, 잘 지내기는 하지만 자기에게 관심을 두는 사람이 아무도 없으면 훨씬 더 좋아질 것 같다고 투덜거렸다. 리외는 사람이 항상 혼자일 수는 없다고 말했다.

"아, 그런 의미는 아니에요. 괜히 참견하면서 귀찮게 구는 사람들을 말한 거예요."

리외는 가만히 있었다.

"제 얘기는 아니고 제가 읽고 있던 이 소설의 내용입니다. 어느 날 아침 느닷없이 체포되는 어떤 불행한 사람의 이야기예요. 사람들은 그를 예의주시했지만 주인공은 전혀 몰랐죠. 사무실에서는 그에 대해 떠들었고, 용의선상에도 그의 이름을 올렸어요. 그게 옳다고 생각하세요? 남들이 그렇게 할 권리가 있다고 보시나요?"

"때때로 다르겠죠. 어떤 의미에서는 그럴 권리가 전혀 없고요. 그리고 핵심에서 벗어난 주제죠. 너무 오랫동안 집에만 틀어박혀 있는 것은 좋지 않아요. 외출도 좀 해야 해요."

그는 짜증이 난 것 같았다. 코타르는 자신은 외출밖에 하는 일이 없으며, 필요하다면 온 동네 사람들이 이를 증명할 것이라고 말했다. 심지어 이웃 말고도 아는 사람이 꽤 있다고 했다.

"리고 씨라고 아세요? 건축가인데, 그 사람도 제 친구 중 하나입니다."

방 안의 어둠이 더욱 짙어졌다. 변방의 거리는 활기를 띠었다. 가로등이 켜지자 밖에서는 서로의 안부를 묻는 소리가 들렸다. 리외는 발코니로 나갔고, 코타르가 그의 뒤를 따랐다. 우리 도시가 밤마다 그렇듯이 사람들이 웅성대는 소리, 고기 굽는 냄새, 젊은이들이 하나둘 모여 시끌벅적해지는 소리로 가득 찬 거리는 미풍에 실려 온 자유라는 유쾌하고 향기 좋은 소음을 만들고 있었다. 어둠 속에서 보이지 않는 선박들이 내는 요란한 소리, 바다와 지나가는 군중으로부터 들려오는 웅성거림. 리외가 꽤 좋아했던 이 시간의 모든 것들이 그가 알게 된 사실 때문에 마음을 무겁게 짓눌렀다.

"불을 켤까요?" 그가 코타르에게 물었다.

불이 켜지자 작은 사내가 눈을 깜빡이며 리외를 보았다.

"선생님, 제가 병이 나면 선생님이 치료해 주실 수 있나요?"

"물론이죠."

그러자 코타르는 진료소나 병원에 입원한 사람을 체포하

는 일이 있느냐고 물었다. 리외는 그런 일이 있기는 하지만 환자의 상태에 따라 다르다고 대답했다.

"저는 선생님을 믿습니다."

그러면서 코타르는 의사에게 시내까지 차를 얻어 타도 되겠느냐고 물었다.

시내로 나오니 인적이 줄고 불빛도 드물었다. 몇몇의 아이들은 아직 대문 앞에서 놀고 있었다. 코타르가 차를 세워 달라고 했다. 리외는 무리 지어 놀고 있는 아이들 앞에 차를 세웠다. 아이들은 사방치기 놀이를 하며 시끄럽게 떠들고 있었다. 그중에서 검은 머리를 말끔하게 붙이고 가르마도 반듯이 했지만, 얼굴은 지저분한 아이 하나가 노려보듯 리외를 쳐다보았다. 의사는 고개를 돌렸다. 코타르는 인도에 내려서서 의사와 악수했다. 두세 차례 뒤를 돌아보며 쉰 목소리로 말했다.

"사람들이 전염병에 관해 이야기하던데 그게 정말인가요?"

"사람들이야 무슨 말이든 하죠. 당연한 거고요."

"그렇죠. 열 명 정도가 죽었을 뿐인데 세상이 끝난 듯 말하죠. 우리에게 필요한 건 그런 게 아닐 텐데 말입니다."

리외는 시동을 걸고 변속기에 손을 올린 뒤 자신에게 눈을 떼지 않는 아이를 찬찬히 보았다. 아이는 갑자기 이가 모두

드러날 정도로 활짝 웃었다.

"그럼 우리에게 무엇이 필요할까요?" 의사는 아이에게 미소를 지으며 물었다.

그러자 코타르는 갑자기 자동차 문의 손잡이를 움켜잡고는 울먹이는 목소리로 분노하며 "지진입니다. 진짜 지진이요."라고 외치더니 황급히 사라져 버렸다.

지진은 일어나지 않았고, 리외는 다음 날 시내 곳곳을 살피며 환자, 환자의 가족들과 옥신각신하며 시간을 보냈다. 자신의 직업이 이토록 버겁게 느껴진 것은 처음이었다. 지금까지 환자들은 그를 믿고 몸을 맡겼기 때문에 일이 수월했다. 그런데 처음으로 환자들이 무언가를 감추고, 두려운 마음에 병 깊숙이 몸을 숨긴 채 경계하는 듯했다. 익숙하지 않은 싸움이었다. 밤 10시쯤이 되어서야 마지막으로 늙은 천식 환자의 집 앞에 주차했다. 몸이 천근만근이었다. 그는 어두운 거리와 캄캄한 하늘에서 점멸하는 별들을 잠시 차 안에서 지켜보며 시간을 끌었다.

환자는 침대 위에 앉아 있었다. 호흡은 전보다 나아진 것 같았고, 완두콩을 하나씩 세며 이 냄비에서 저 냄비로 옮기고 있었다. 그는 반가운 표정으로 의사를 맞았다.

"의사 양반, 콜레라요?"

"그런 말은 어디서 들으셨습니까?"

"신문에서 읽었지. 라디오에서도 그럽디다."

"콜레라는 아닙니다."

"해도 너무하는군. 높으신 양반들 말이지!"

노인은 몹시 흥분했다.

"그런 거 다 믿지 마세요." 의사는 말했다.

노인을 진찰한 후 그는 초라한 부엌 한가운데에 앉아 있었다. 그렇다. 그는 겁이 났다. 바로 이 교외 지역에서도 다음 날 아침이면 10여 명의 환자가 림프샘 멍울 때문에 허리를 펴지도 못한 채 자기를 기다릴 것을 알았다. 멍울을 절개해서 증상이 호전되는 경우는 두세 건 정도밖에 되지 않았다. 대개는 입원해야 할 것이고, 가난한 사람들에게 입원이 무엇을 의미하는지 그는 너무나 잘 알고 있었다. 어느 환자의 아내는 '이 사람이 실험 대상이 되는 건 싫다.'라고 말한 적이 있었다. 환자는 실험 대상이 아니라 죽게 될 뿐이었다. 현재의 대비책은 충분치 않다. '특수 시설을 갖춘' 병실도 다른 환자들을 서둘러 옮기고 창문을 밀폐한 뒤, 방역선을 두른 병동 두 개에 불과하다는 것을 리외는 잘 알고 있었다. 전염병이 자연적으로 소멸하지 않는 한 행정 당국이 생각해 낸 대책들로는 극복할 수 없었다.

그런데도 저녁 공식 발표는 낙관적이었다. 이튿날 랑스도크 통신은 사람들이 도청의 조치를 동요 없이 받아들였으며,

이미 30여 명의 환자들이 증상을 자진 신고했다고 전했다. 카스텔은 리외에게 전화했다.

"병동에는 병상이 몇 개나 제공되나요?"

"80개입니다."

"시내에 환자가 30명 이상은 되겠죠?"

"겁이 나서 신고를 안 할 수도 있고, 대부분은 신고할 겨를이 없겠죠."

"장례식은 통제하에 하고 있나요?"

"아니요. 제가 리샤르에게 전화해서 '쓸데없는 말뿐이 아닌 완벽한 조치가 필요하다.'라고 일렀습니다. 전염병을 차단할 수 있는 차단벽을 세우든가 아니면 아예 관두든가 해야 한다고요."

"그랬더니 뭐라던가요?"

"그럴 권한이 자기에게 없답니다. 제 생각엔 상황이 악화할 것 같습니다."

실제로 사흘 만에 병동 두 개가 다 찼다. 리샤르는 학교 하나를 용도 변경해 임시 병동으로 마련하면 된다고 생각했다. 리외는 백신을 기다리며 림프샘 멍울을 절개하느라 여념이 없었다. 카스텔은 자기의 옛 서적을 꺼내 들고 도서관에 가서 오랫동안 틀어박혀 지냈다.

"쥐들은 페스트 또는 페스트와 매우 흡사한 것 때문에 죽었습니다."

그는 그렇게 결론을 내렸다.

"쥐들이 수만 마리의 벼룩을 퍼뜨려 놓았기 때문에 제때 막지 못하면 병은 기하급수적으로 퍼질 겁니다."

리외는 아무 말도 하지 못했다. 시간이 멈춘 듯했다. 태양은 지난 소나기 때문에 고여 있던 웅덩이의 물을 모두 빨아들일 기세였다. 황금빛 태양과 아름다운 파란 하늘, 이제 막 시작되는 더위 속을 날아가는 비행기들, 이 계절의 모든 것이 고즈넉한 풍경을 자아냈다. 그러나 열병은 나흘 동안 놀라운 속도로 퍼졌다. 사망자는 16명에서 24명, 28명, 32명으로 늘어났다. 나흘째 되던 날, 유아원에 임시 병동이 마련된다는 보도가 나왔다. 그때까지 농담으로 불안을 달래던 사람들도 한층 더 낙담한 모습이었다.

리외는 마음을 먹고 도지사에게 전화를 걸었다.

"이번 조치로는 턱없이 부족해요."

"통계 수치를 보고받았는데…… 과연 우려할 만한 상황이더군요." 도지사가 말했다.

"우려할 수준을 넘어 의심의 여지가 없습니다."

"중앙 정부에 지침을 요청하겠습니다."

리외는 카스텔이 지켜보는 가운데 전화를 끊으며 말했다.

"지침을 기다리다니! 이런 상황에서는 상상력이 필요한

데."

"한데, 혈청은 어떻게 됐나요?"

"이번 주 안에 도착할 겁니다."

리샤르의 주재로 도청은 식민지 수도(알제리)에 지침을 요청하기 위해 필요한 보고서 작성을 리외에게 의뢰했다. 리외는 임상적 진단과 사망자 수를 기재했다. 같은 날 약 40명이 사망했다. 도지사는 자기 말대로 모든 책임을 지고 기존 대책들을 강화하기로 했다. 신고 의무제와 격리 조치는 지속했다. 환자가 발생한 집은 폐쇄하고 소독했다. 가족들은 안전한 곳으로 격리했다. 매장은 향후 결정에 따라 시 당국이 맡기로 했다. 하루가 지나고 혈청이 항공편으로 도착했다. 지금으로서는 충분했지만 사상자가 늘어나면 모자란 양이었다. 리외가 받은 전보에는 응급용 재고는 바닥이 났으며 혈청 제조를 새로 시작했다는 답변이 왔다.

그 사이 주변 외곽으로부터 시내로 봄이 오고 있었다. 인도를 따라 늘어선 밀수꾼들의 바구니에서 수천 송이의 장미꽃이 시들어 가며 풍기는 달콤한 향이 도시 전체를 휘감았다. 도시는 얼핏 그대로인 듯했다. 더러운 전차들은 혼잡한 시간대에는 늘 만원이었지만, 낮에는 텅 비었다. 타루는 작은 노인을 관찰했고, 노인은 여전히 고양이들에게 가래침을 뱉어댔다. 그랑은 수수께끼 같은 작업을 하기 위해 저녁마다 집으로 돌아갔다. 코타르는 쳇바퀴 돌듯 맴돌았고, 치안판사 오통 씨는 자신의 동물들을 끌고 다녔다. 늙은 천식 환자는 콩을 옮겨 담았고, 신문 기자 랑베르도 호기심 가득한 표정으로 태연하게 어슬렁거리는 모습이 이따금 눈에 띄었다. 거리는 저녁마다 인파들로 가득 찼고, 극장 앞에는 사람들로 붐볐다. 전염병도 잠잠해진 것만 같았다. 며칠 동안 사망자 수가 열 명에 그쳤기 때문이다. 그러나 돌연 그 수치가 상승했다. 사망자 수가 다시 30명으로 늘어난 날, 베르나르 리외는 '사람들이 겁을 먹었어요.'라고 말하며 도지사가 그에게 내미는 공문을 읽었다. 공문에는 다음과 같이 적혀 있었다. '페스트 발병을 선언하고, 도시를 폐쇄하라.'

제2부

# La Peste
## Prix Nobel
de
littérature

그때부터 페스트는 공공의 문제가 되었다. 사람들은 이 기이한 사건으로 말미암아 놀라고 불안에 떨었지만, 평소와 다름없이 각자의 위치에서 맡은 바에 충실했다. 그런 상태는 아마도 계속될 것 같았다. 시의 출입문을 봉쇄하자 화자를 포함해 모든 시민이 한배를 탄 꼴이 되었고, 어떻게든 그 사실에 적응해야 했다. 가령 사랑하는 사람과의 이별 같은 극히 개인적인 감정이 몇 주가 지나자 공공의 감정이 되었고, 이 감정은 공포와 더불어 오랫동안 사람들을 가장 괴롭혔다. 시의 출입문이 폐쇄되면서 예상치 못한 이별이 벌어진 것이다. 어머니와 자식, 부부, 연인들은 며칠 전 플랫폼에서 당부의 말을 주고받으며 이별의 포옹을 나눴을 때 잠시만 헤어지는 것이라고 여겼다. 인간이라면 으레 어리석은 믿음에 사로잡힌다. 그들도 며칠 혹은 몇 주만 지나면 다시 볼 수 있을 것이라고 확신하면서 작별하는 동안 일상의 걱정을 완전히 내려놓지 못했다. 그러다가 졸지에 생이별을 하게 된 것이다. 왜냐하면 도청의 명령이 공포되기 몇 시간 전에 도시는 이미 폐쇄되었고, 당연한 일이지만 개인의 상황을 모두 고려할 수는 없었다. 전염병이 유행하며 발생한 첫 결과는 사람들의 사적 감정을 일부러 거세한다는 것이었다. 포고령이 발효된 후 몇 시간 동안 도청은 전화나 방문으로 사정을 호소하는 민원들로 골머리를 앓았다. 그들의 민원은 절절했지만 재고할 수 없는 것들이었다. 오랑의 상황은 논의의 여지가 없었다. '타협'이라든가, '특혜'라든가, '예외'가 적용될 수 없다는 사실을 이해시키는 데 여러 날이 필요했다.

편지를 쓰는 사소한 기쁨도 허락되지 않았다. 오랑과 다른 지역을 연결하던 기존 통신 수단은 단절되었으며, 편지로 병이 전염되지 않도록 서신 교환도 금지했기 때문이다. 초기 몇몇 특권층은 도시 입구의 보초병들과 흥정해 외부에 서신을 전했다. 그때는 전염병이 막 퍼지기 시작할 때였기에 보초들에게도 동정심은 남아 있었다. 하지만 얼마 지나지 않아 보초들은 사태의 심각성을 깨닫자, 더 큰 파장을 부를 수 있는 그런 행동에 가담할 수 없었다. 초기에는 시외 전화가 허용되었지만, 공중전화 부스로 사람들이 몰려들고 회선에 과부하가 걸리자, 일상적인 통화는 엄격하게 통제했다. 단지 사망, 출산, 결혼 같은 급한 용건이 있는 경우만 허용되었다. 따라서 전보만이 오랑의 유일한 통신 수단이었다. 정신과 마음이 육체로 맺어진 사람들은 대문자로 적힌 열 단어의 전보에서 옛 유대감을 찾아야 했다. 그들이 전보에서 사용할 수 있는 표현은 금세 바닥났다. 오랫동안 함께한 세월도, 고통스럽고 열렬했던 사랑도 '난 잘 있소. 몸조심해요. 사랑해요.'와 같은 상투적인 문구들을 주기적으로 교환하는 것으로 급격히 줄었다.

몇몇 사람은 그래도 외부와의 연락을 취하기 위해 끊임없이 편지를 쓰거나 여러 가지 수단을 모색했으나 결국 부질없는 일로 끝났다. 설령 그 방법이 성공했다 치더라도 답장을 받을 수 없으니 일의 진행 여부는 알 도리가 없었다. 몇 주 동안 같은 내용의 편지를 반복해서 쓰거나 똑같은 청원을 여러 번 다시 썼다. 얼마 지나지 않아 마음에서 솟구치던 생생한 고통을 기계적으로 베끼고 있었다. 고달픈 삶의 구절들이 생명력을 잃자, 차라리 짧은 전보의 상투적인 호소가 더 낫다고 느껴졌다.

며칠 후 누구도 이 도시를 빠져나갈 수 없다는 것이 확실해지자, 전염병이 생기기 전 도시 밖으로 나간 사람들의 귀향이 허락되는지 알아보자는 의견이 모였다. 며칠을 숙고한 끝에 도청은 긍정적인 답변을 보냈다. 다만 귀환하는 것은 자유지만 나갈 자유는 없다고 명시했다. 어떤 경우에도 귀환자는 도시 밖으로 나갈 수 없었다. 드물긴 했지만 몇몇은 사태를 가볍게 여기고 이번 기회를 이용하라고 권했다. 신중함보다 가족에 대한 그리움이 앞선 것이다. 하지만 페스트의 포로가 된 사람들은 자칫하면 가족을 위험에 빠뜨릴 수 있다는 사실을 깨닫고, 이별의 고통을 감수했다. 전염병이 기승을 부릴 때, 고문하는 듯한 죽음의 공포보다 인간적인 감정이 더 강했던 사례는 단 하나밖에 없었다. 그것은 고통을 초월해 서로에게 사랑을 쏟아붓는 연인의 경우가 아닌, 아주 오랫동안 결혼 생활을 해 온 늙은 의사 카스텔과 그의 아내였다. 전염병이 발발하기 며칠 전, 카스텔의 아내는 이웃 도시에 갔다. 그들은 본보기가 될 정도로 행복한 관계도 아니었고, 지금까지의 결혼 생활이 만족스러웠는지조차 확신할 수 없다. 그러나 느닷없이 시작된 이별이 길어지면서 서로 헤어져 살 수 없다는, 이렇게 예상치 못한 감정을 맞닥뜨리자 그들은 페스트 따위는 대수롭지 않았다고 여길 수 있었다.

하지만 그것은 예외인 경우였고, 대부분은 전염병이 사라져야 재회할 수 있었다. 따라서 삶의 전반을 이루고 있던 감정, 특히 우리가 잘 알고 있다고 생각했던 감정(앞서 언급했듯이 오랑 사람들은 단순한 열정의 소유자들이다.)에서 전에 없던 새로운 면모를 발견했다. 배우자를 전적으로 믿어 온 남편들이

나 애인들은 자신들이 질투에 사로잡혀 있음을 깨달았다. 사랑을 가볍게 여기던 남자들이 다시 사랑에 헌신하기 시작했다. 지척에 살면서 찾아가 보지 않던 아들들은 어머니의 얼굴 주름 하나하나에 자신의 과거를 후회하고 미래를 걱정했다.

끝이 보이지 않는 이별 속에서 그들은 망연자실한 채 가까이 있었지만, 이토록 멀어진 존재들을 추억할 뿐이었다. 그들은 이중의 고통을 당하고 있었다. 우리 자신의 고통과 집에 부재한 이들, 즉 아내와 자식 또는 연인으로 말미암은 고통까지 겪고 있었다.

만약 다른 상황이었다면 사람들은 대외 활동도 하고 좀 더 밖으로 움직이면서 해결책을 찾을 수 있었을 것이다. 그러나 페스트는 그들을 아무것도 할 수 없게 만들었다. 침울한 도시를 빈둥빈둥 맴돌다 보니 추억을 곱씹는 부질없는 놀이에 빠져들 수밖에 없었다. 하릴없이 산책하다 보면 언제나 같은 길을 지나쳤고, 도시가 작다 보니 곳곳에 이제는 함께할 수 없는 이들과의 추억이 담겨 있었다.

이처럼 페스트가 가져온 첫 번째 결과는 격리였다. 화자는 당시 자신이 느낀 바를 모든 사람의 이름으로 여기에 기록해도 무방하다고 확신했다. 우리 마음속에 줄곧 남아 있던 공허함, 너무 또렷한 그 감정, 시간을 되돌리거나 흐름을 재촉하고 싶은 터무니없는 욕망, 불화살 같은 기억. 그것이 격리, 즉

유배의 감정이었다. 이따금 상상의 나래를 펴고 초인종 소리나 계단을 올라오는 익숙한 발소리를 기다려 보기도 했고, 열차의 운행이 정지되었다는 사실을 망각한 채 급행열차를 타고 돌아오는 여행객을 맞이하기 위해 집에서 기다려 보는 척도 해 보았지만 그런 유희는 계속되지 않았다. 기차가 도착하지 않는다는 사실이 명징해지는 순간, 그들은 이별은 계속될 수밖에 없으며 이제는 시간과 타협해야 한다는 일이라는 것을 알게 되었다. 결국 그때부터 죄수 상태로 과거에 갇히고만 것이다. 몇몇은 미래를 내다보며 살아가기로 마음먹다가도 이내 상처를 입고 낙심해 버렸다.

오랑 사람들은 이별의 시간을 가늠하던 습관도 빠르게 포기했다. 가령 가장 비관적인 사람이 그 기간을 6개월로 정하고, 앞으로 다가올 온갖 고통을 미리 다 맛보고 그 시련에 대응할 수 있는 용기를 겨우 끌어 올려, 오랫동안 질질 끄는 고통에 굴복하지 않고 안간힘을 다해 버티고 있다고 하자. 그러다가 우연히 만난 친구의 말, 신문에 실린 의견, 순간적인 의혹, 불현듯 생겨난 통찰력 등이 그 병이 6개월 이상, 어쩌면 일 년, 아니 그 이상 계속될지 모른다고 생각하도록 만들기 때문이다.

용기와 의지, 인내심이 얼마나 순식간에 무너졌는지 그들은 이 깊은 수렁에서 빠져나올 수 없을 것 같았다. 해방의 날은 생각조차 하지 않았다. 미래에 더는 관심을 두지 않았으며, 고개를 숙인 채 지내려고 애썼다. 늘 그렇듯 고통을 숨기고 싸움을 피하려 방어 자세를 취하는 그런 신중함은 제대로 보상받지 못했다. 어떤 대가를 치르고서라도 피하고 싶었던 좌절만은 피할 수 있었지만, 재회를 상상하며 페스트를 잊을 수 있는 수많은 순간은 사실상 포기했다. 그 결과 그들은 그토록 깊은 심연과 정상 중간에 좌초되어 매일 정처 없이 헤맸고, 메마른 추억에 버려진 채 삶을 산다기보다는 표류하면서, 자신의 고통을 대지에 뿌리박지 않고는 견딜 수 없는 상태로 그저 부유하는 그림자처럼 지냈다.

이처럼 그들은 이 세상의 죄수나 망명자가 겪는 극심한 고통을, 아무짝에도 쓸모없는 기억을 간직하고 살아야 하는 고통을 맛보았다. 끊임없이 되새기는 과거 역시 후회의 쓰라림만 가지고 있었다. 그들은 과거에 무언가를 이루지 못해 아쉬운 것들을 기다리는 사람과 함께하고 싶어 했다. 비교적 행복했던 순간처럼, 죄수의 삶에 부재한 것들을 결부시키려고 노력했지만 모두 허사였다. 그들은 현재에 만족할 수 없었다. 철창 뒤에 살게 된 사람들처럼 현재는 견딜 수 없었으며, 과거는 고통스러웠고, 미래는 빼앗긴 신세가 되었다. 참을 수 없는 휴가에서 벗어나는 방법은 상상 속에서 기차를 달리게 하고, 울리지 않는 초인종을 계속 울리게 해 시간을 메우는 것뿐이었다.

　격리라고는 하지만 대개 자기 집에서 생활했다. 화자 역시 보통 사람들이 겪는 그런 연금에 불과했다. 그러나 신문 기자 랑베르나 그 외의 사람처럼 여행 차 이곳에 왔다가 페스트 때문에 예기치 않게 억류되어, 고향과 멀어지고 사랑하는 사람과 떨어져 지내며 이별의 고통이 증폭된 사람들을 잊어서는 안 된다. 그들은 페스트에 걸린 객지에서 고향으로 갈 수 없다는 공간적 고립감과 오랑 사람들이 겪는 시간적 고통까지 이중으로 겪어야 했다. 그들은 오랑과 고향 사이의 벽에 끊임없이 부딪히고 있었다. 먼지로 뒤덮인 시가지를 온종일 헤매며, 자기들만 아는 저녁과 고향의 아침들을 조용히 외쳐 부르던 이들의 고립감은 다른 이들보다 심했다. 그들은 제비가 나는 모습, 해 질 녘의 이슬방울, 인적 없는 거리에 이따금 낯설게 쏟아지는 햇빛처럼 그 뜻을 헤아릴 수 없는 계시와 조짐들로 자신들의 고통을 키우고 있었다. 구원은 바깥에 있었고, 그들은 그곳에서 눈을 감은 채 생생하게 느껴지는 자신의 망상만 고집스레 어루만졌다. 한 줄기 햇살, 두세 개의 언덕, 좋아하는 나무와 사람들의 얼굴이 자아내는 대체 불가능한 고향의 이미지만 좇고 있었다.

　끝으로 화자는 연인들에 대해 구체적으로 이야기하고자 한다. 그것은 가장 흥미로울 뿐만 아니라 그들의 이야기를 꺼내기 가장 적합한 위치에 있기 때문이다. 그들은 여러 가지 번민들로 괴로워하고 있었는데, 그중 주목할 만한 감정은 자책감이었다. 그들은 그런 상황에 놓이자 자신의 감정을 열정적이며 객관적으로 고찰했다. 그러자 대개 그들의 실수가 뚜렷이 드러났다. 멀리 떨어져 사랑하는 이의 행동을 정확하게 상상할 수 없었으므로 그들은 필연적으로 자신의 부족함과 마주쳤다. 그들은 지금 곁에 없는 사람이 평소에 어떻게 시간을 보냈는지 모른다는 사실에 괴로웠다. 사랑하는 사람이 시간을 어떻게 보내는지 제대로 알려고 하지도 않았으며, 심지어 그것을 아는 것이 모든 기쁨의 근원이 아니라는 듯 처신하던 자신의 경솔함을 자책했다. 그때부터 과거의 사랑을 더듬거리며 미흡했던 점을 검토하는 일은 어렵지 않았다. 우리는 평상시 의식적이든 무의식적이든 사랑이 한계를 극복할 수 있다는 것을 알면서도, 자신들의 사랑이 보잘것없다는 점을 담담한 태도로 받아들여 왔다. 기억은 페스트에 훨씬 더 취약했다. 외부로부터 밀려와 도시 전체를 강타한 이 불행이 꼭 분노로 치닫는 부당한 고통만 가져다준 것은 아니었다. 그것은 자신을 괴롭게 만들고, 고통을 일상화했다. 기억은 전염병이 사태를 감추기 위해 우리의 관심을 다른 곳으로 돌리는 수단 중 하나였다.

오랑 사람들은 오로지 하늘과 마주하며 외롭게 살아갈 수밖에 없었다. 그들 사이에 만연해진 단념은 길게 보면 사람들의 정신력을 단련시켰을 수도 있지만, 초반에는 그저 각자를 갈팡질팡하게 했다. 시민 중 일부는 해가 뜨고 비가 오는 것에 따라 마음이 변하는 등 또 다른 노예의 상태에 빠졌다. 그들의 표정을 보면 난생처음 날씨의 영향을 직접 받는 듯했다. 화창한 햇살이 잠시 비추면 얼굴이 밝아지고, 비가 오면 표정과 생각에 검은 그림자가 드리웠다. 그들은 몇 주 전만 해도 말도 안 되는 허약함과 노예의 상태에 빠지지 않았다. 홀로이 세계와 대면하고 있는 것도 아니었고, 옆에 있는 사람이 그들의 작은 세계를 이루고 있었기 때문이다. 그러나 어느 순간부터 그들은 하늘의 변덕에 기분을 내맡겼다. 말하자면 까닭 없이 괴로워하고 까닭 없이 희망을 품었다.

이런 극도의 고독 속에서 이웃의 도움은 기대할 수조차 없었다. 저마다 외로이 자신의 근심에 사로잡혀 있었다. 어쩌다 속내를 상대에게 털어놓기라도 하면 그 대답이 무엇이든 마음의 상처를 받았다. 대화가 끝나면 자신이 상대방과 다른 이야기를 했다는 것을 알게 된다. 사실 그는 오랜 시간을 두고 속으로 곱씹으며 괴로워하던 끝에 생각을 표현한 것이고, 그가 전달하고자 하는 이미지는 오랫동안 생각의 불 속에서 달궈졌던 것이었다. 하지만 상대방은 그것들을 시장에서 살 수 있는 싸구려 괴로움이나 뻔한 우울증 같은 상투적인 감정으로 치부했다. 호의이든 적대이든 대답은 언제나 빗나갔고, 그들은 이내 표현을 단념했다. 침묵을 견디지 못하는 사람들은 타인이 진정한 말을 할 줄 모르게 된 이상 자기도 경박한 말투를 쓰기로 했다. 단순 보고나 가십을 전하는 상투적인 방식. 말하자면 일간지 기사처럼 이야기했다. 가장 생생한 고통은 흔한 대화의 뻔한 표현들로 둔갑했다. 페스트의 포로가 된 사람들은 이런 대가를 치르고서야 경비원들의 동정이나 옆에 있는 사람의 흥미를 끌 수 있었다.

그러나 아무리 불안하고 고통스럽고 공허하고 마음이 무거워도, 초기에는 상황이 나은 편이었다. 냉정을 잃기 시작한 순간부터 그들의 머릿속은 그들이 기다리는 사람에게로 온통 쏠렸다. 만연하다시피 한 좌절 속에서도 사랑의 이기적인 속성이 그들을 보호하고 있었고, 페스트 때문에 이별이 영원할지도 모른다고 생각할 때만 페스트를 떠올렸다. 그들은 전염병이 창궐할 때도 여유를 누리는 유익한 방심을 할 수 있었다. 사람들은 그것을 침착함이라 착각했다. 절망이 그들을 공포로부터 구했으니 불행에도 분명 좋은 점이 있었다. 가령 그들 중 누가 병으로 목숨을 잃는다 해도, 그 병을 조심할 겨를이 없었다. 유령 같은 존재와 나누던 대화가 끝나자마자, 리외는 대지의 가장 무거운 침묵 속에 묻혔다. 어찌해 볼 시간이 전혀 없었다.

사람들이 갑작스러운 고립을 받아들이려고 노력하는 동안, 페스트는 문마다 보초를 서고 오랑으로 향하는 배를 돌려보내는 듯했다. 시의 폐쇄 조치 이후, 한 대의 차량도 시내에 진입하지 못한 것이다. 그날부터 사람들은 모든 자동차가 시내를 빙빙 맴도는 듯한 인상을 받았다. 대로의 꼭대기에서 내려다보면 항구 역시 기이한 풍경을 자아냈다. 연안의 주요 항구로 만들던 무역은 갑자기 중단되었다. 그곳에는 검역 중인 몇 척의 배가 정박해 있을 뿐이었다. 부두에는 가동되지 않는 기중기들과 그 옆에 널브러져 있는 화물 운반차, 방치된 채 쌓여 있는 포대와 술통들이 페스트로 무역까지 죽었음을 역력히 말해 주고 있었다.

　이렇게 낯선 광경에도 불구하고 사람들은 자신들에게 닥

친 불행을 제대로 이해하지 못했다. 이별과 두려움 같은 공통의 감정은 있었지만, 여전히 개인의 관심사가 삶의 우선순위였다. 아무도 눈앞의 전염병을 현실로 받아들이지 않았다. 대부분 자신의 습관을 방해하거나 이해관계에 해를 끼치는 것에 민감하게 굴었다. 그들은 짜증도 나고 화도 났지만, 그런 감정들을 동반한 채 페스트와 싸울 수 없었다. 가령 그들은 도시 폐쇄 조치가 이루어지자마자 행정 당국을 비난했다. 신문이 '예정된 조치를 완화할 수 없는가?'라고 비판하며 여론을 조장하자, 도지사는 예상외의 답변을 내놓았다. 지사는 매일 통계 자료를 넘길 테니 매주 보도해 달라고 부탁했다. 그때까지 신문이나 랑스도크 통신사는 전염병에 관한 통계를 공식적으로 받지 못하고 있었다.

대중은 즉각 반응하지 않았다. 페스트 발병 3주째, 사상자가 302명 발생했다는 보도는 사람들에게 큰 반향을 불러일으키지 못했다. 어쩌면 그들이 모두 페스트로 사망하지는 않았을지도 모른다. 더구나 우리는 일주일 동안 사람들이 얼마나 죽는지 평소에는 모르고 지낸다. 이 도시의 인구는 20만명. 사람들은 사상자가 302명이라는 규모가 정상인지 아닌지 전혀 알 수 없었다. 흥미로운 통계였지만, 사람들은 그런 유형의 정확성에는 관심이 없었다. 대중에게는 비교할 만한 기준이 없었다. 사망자 수가 증가하는 것을 보고 나서야 비로소 여론도 사태의 심각성을 깨달았다. 5주차에는 321명, 6주차에는 345명이 사망했다. 증가율에는 호소력이 있었다. 그렇다고 그리 강력한 것은 아니었다. 사람들은 불안의 한가운데서 힘들지만, 곧 끝날 것이라고 믿었다.

그들은 여전히 거리를 활보했으며 카페테라스에 자리를 잡았다. 대체로 그들은 겁쟁이가 아니었다. 하소연보다는 농담을 즐겼으며, 불편한 것들은 좋은 게 좋은 거라며 기분 좋게 받아들이고자 했다. 그렇게 겨우 체면을 차렸다. 그러나 월말이 되자, 특히 후에도 언급하겠지만 기도 주간 즈음에는 심각한 변화가 도시 전체를 흔들었다. 먼저 차량 운행이나 식량 보급과 관련해 도지사가 일련의 조처를 했다. 식량 보급이 제한되고 휘발유는 배급제로 바뀌었다. 심지어 절전도 시작되었다. 생활필수품만 육로와 항공편으로 반입되었다. 이렇게 해서 교통량이 점차 줄더니 결국 차량 운행이 거의 중단되었고, 사치품을 취급하는 가게는 하나둘 문을 닫았다. 다른 가게들 역시 물건을 사려고 사람들이 길게 줄지어 있는 데도 매진을 알리는 푯말을 진열창에 내걸었다.

이렇듯 오랑에는 기이한 풍경이 형성되었다. 보행자 수가 현저히 늘었고, 평소 같았으면 한산했을 거리와 카페는 사람들로 붐볐다. 그들은 아직 실업자가 아니라 휴가 중이었다. 그리하여 오후 3시경의 거리는 축제 중인 도시를 연상케

했다.

새로운 필름 배급은 끊겼지만, 이 시기 영화관은 대목이었다. 2주가 지나자 별수 없이 영화관끼리 상영 필름을 교환했다. 몇 주가 지나자 같은 영화만 상영하기 시작했다. 그렇다고 영화관의 수익이 줄어든 것은 아니었다.

끝으로 포도주를 비롯해 왕성한 주류 소비 도시답게 비축된 재고량이 상당해 카페 역시 수요를 충족시킬 수 있었다. 실제 술 소비량이 엄청나게 늘었다. 어느 카페에서 '양질의 포도주가 세균을 죽입니다.'라고 써 붙이자, 술이 전염병 예방에 효과적이라는 설을 맹신하게 되었다. 매일 새벽 2시쯤이면 카페에서 쫓겨난 상당수의 주정뱅이가 거리로 나와 낙관적인 전망을 토로했다.

모든 변화가 너무 특이하고 빨리 진행되어 이 같은 상황이 일상이 될 것으로 생각하지 못했고, 따라서 그들은 개인적인 감정들을 우선시했다.

시가 폐쇄되고 이틀 후, 의사 리외는 병원에서 나오다가 코타르를 만났다. 코타르는 매우 만족스러워 보였다. 리외는 안색이 좋아 보인다는 덕담을 건넸다.

"아주 잘 지내고 있습니다." 키 작은 코타르가 말했다. "그런데 말이죠, 의사 선생님. 거참 빌어먹을 페스트가 점점 심각해지네요."

의사가 그렇다고 인정하자, 코타르는 유쾌한 듯 말을 이어갔다.

"여기서 멈출 리가 없어요. 모든 것이 뒤죽박죽될 거예요."

그들은 잠시 함께 걸었다. 코타르는 자기 동네의 어떤 큰 식료품상이 사재기를 할 생각으로 물건을 비축해 놓고 있었는데 그를 병원에 데려가려고 보니 침대 밑에 통조림이 가득했다는 이야기를 늘어놓았다.

"그 친구는 병원에서 죽었어요. 페스트는 돈도 소용없죠."

코타르는 페스트와 관련된 가십을 많이 알고 있었다. 예를 들면 어느 날 아침, 시가지에서 페스트 증세를 보이던 한 남자가 병 때문에 이상해졌는지 집 밖으로 뛰쳐나와 다짜고짜 처음 만나는 여자를 껴안으며 자신이 페스트에 걸렸다고 외쳤다는 것이다.

"그럴 만하죠."

단정적인 말을 그는 상냥한 어조로 말했다. "우리 모두 미치고 말 거예요."

조제프 그랑이 의사 리외에게 속내를 터놓은 것도 그날 오후였다. 그랑은 의사의 책상 위에 놓여 있는 아내 사진을 발견하고는 의사를 쳐다보았다. 리외는 자기 아내가 도시 밖에서 요양 중이라고 말했다.

"어찌 보면 다행이네요." 하고 그랑은 말했다. 의사 역시 분명 다행이며 빨리 낫기를 기다리는 도리밖에 없다고 대답했다.

"이해가 갑니다."

그랑은 리외를 만나고 처음으로 많은 말을 쏟아냈다. 여전히 단어를 고르느라 애쓰긴 했지만, 자기가 하는 이야기를 오래전부터 생각해 둔 것처럼 적합한 단어를 용케 찾았다.

그랑은 아주 젊었을 때, 이웃의 한 가난한 집 처녀와 결혼했다. 학업을 중단하고 취직한 것도 결혼하기 위해서였다. 그랑과 아내 잔은 동네 밖으로 나가 본 적이 없었다. 그랑은 잔의 집에 가서 그녀를 만나곤 했는데, 그녀의 부모는 말도 없고 서투르기만 한 그를 비웃곤 했다. 그녀의 아버지는 철도 노동자였다. 일이 없을 때는 자신의 큰 손바닥을 허벅지에 얹고 구석진 창가에 앉아 활기찬 거리를 내다보며 생각에 잠겼다. 어머니는 늘 집안일로 바빴고, 잔이 어머니를 거들었다. 그녀는 몸이 어쩌나 가늘었는지 잔이 길을 건널 때면 그랑은 항상 불안한 마음이 들었고, 차들도 지나치게 커 보였다. 어느 날은 그녀가 크리스마스 선물 가게의 진열장을 감탄스러운 표정으로 쳐다보다가 "너무 아름다워요!"라고 말하며 그랑에게 몸을 기댔다. 그는 그녀의 손목을 꼭 쥐었다. 그렇게 결혼을 약속했다.

그랑의 말을 빌리자면 나머지는 뻔한 이야기다. 사람들은 결혼하고, 어느 정도의 사랑을 유지하다가 돈을 벌기 위해 열심히 일하고, 이내 사랑하는 법을 잊게 된다. 국장이 그랑에게 한 약속을 지키지 않아 잔도 일해야만 했다. 여기서부터는 그랑의 말을 이해하기 위해서 약간의 상상력이 필요했다. 그는 피로가 겹쳐서 만사가 귀찮아졌고 점점 더 과묵해졌으며, 젊은 아내에게 여전히 사랑하고 있다는 확신을 주지 못했다. 일만 하는 남편, 가난, 불투명해져 가는 미래, 저녁 시간 식탁을 둘러싼 침묵, 이런 세상에 열정이 있을 자리는 없었다. 아마 잔도 고통스러웠을 것이다. 그런데도 그녀는 그랑의 곁을 떠나지 않았다. 사람은 자신이 고통받고 있다는 사실도 모른채 오랜 세월 괴로워하기도 한다. 나중에 그녀는 떠나면서 편지를 남겼는데 "당신을 무척 사랑했어요. 하지만 이제 지쳤어요. 떠나는 것이 행복하지는 않지만, 새 출발을 하는 데 꼭 행복이 필요한 것은 아니죠."라는 내용이 대략 적혀 있었다.

이제는 조제프 그랑이 고통을 겪을 차례였다. 리외가 그에게 언급한 바 있듯이 그 역시 새 출발을 할 수도 있었을 것이다. 하지만 그는 자신이 없었다.

그는 여전히 그녀를 잊지 못했다. 바라는 것이 있다면 그녀에게 편지라도 써서 변명을 하는 것이었다.

"하지만 그게 어렵더군요." 그랑은 말했다.

"그런 생각을 한 지는 오래되었어요. 서로 사랑할 때는 말하지 않아도 서로를 이해할 수 있었어요. 그런데 매일 한결같이 사랑하는 건 아니죠. 제가 그녀를 붙잡아 둘 밑들을 찾았어야 했는데 그러지 못했어요."

그랑은 손수건 비슷한 체크무늬 천에 코를 풀었다. 그러고 나서 콧수염을 닦았다. 리외는 그를 보고 있었다.

"죄송합니다. 선생님, 그런데 뭐랄까. 선생님은 왠지 믿음이 가요. 선생님과는 이렇게 이야기할 수 있으니까요. 그래서 그런지 감정이 격해지네요."

확실히 그랑은 페스트와는 멀리 떨어져 있었다.

그날 저녁, 리외는 아내에게 도시가 폐쇄되었다는 소식과 함께 자신은 잘 지내고 있으며 몸조리를 잘 하길 바라고, 항상 그녀를 생각하고 있다는 전보를 보냈다.

시가 폐쇄되고 3주 후, 리외는 병원에서 나오다가 자기를 기다리는 한 젊은 남자를 만났다.

"아마도 저를 기억하시리라 생각합니다." 그가 말했다.

하지만 리외는 기억이 나지 않았다.

"이런 일이 있기 전에 한 번 뵈러 왔었지요. 아랍인들의 위생 상태를 취재하려고 말입니다. 제 이름은 레몽 랑베르입니다."

"아, 기억나요." 리외는 말했다. "이제는 특종을 얻었겠네요."

하지만 랑베르는 초조해 보였다. 그는 기사 때문이 아니라 부탁할 것이 있어서 왔다고 했다.

"죄송합니다만……. 저는 이 도시에 연고가 하나도 없는 데다 우리 신문사 주재원은 속된 말로 바보예요."

리외는 시내 중심가에 있는 보건소에 몇 가지 지시 사항이 있어 그곳까지 함께 걷자고 제안했다. 그들은 흑인 구역의 골목길을 따라 내려갔다. 저녁이 가까워져 오고 있었지만, 한창 소란스러울 시내가 이상하게 적막해 보였다. 황금빛으로 물들어 있는 하늘에 이따금 울려 퍼지는 나팔 소리만 군인들이 직무를 수행하고 있다는 것을 알렸다. 무어 양식의 집들이 파란색, 황갈색, 보라색 담을 이어 가며 가파른 골목길을 만들고 있었다. 그 길을 따라가며 랑베르는 몹시 흥분한 상태로 말했다. 그의 아내는 파리에 있었다. 둘은 사실혼 관계였다. 도시의 문이 폐쇄되자마자 그는 그녀에게 전보를 보냈다. 처음에는 일시적인 일이라고 생각해 그녀와 서신을 교환할 방법을 찾아 애썼다. 그런데 오랑 출신 기자들은 아무것도 할 수 없다고 했고, 우체국도 그를 상대해 주지 않았다. 도청의 한 여자 서기관은 비아냥거렸다. 두 시간이나 줄을 서서 기다린 끝에 '모두 순조로움. 그럼 곧 봬요.'라고 쓴 전보를 보낼 수 있었다.

그러나 그날 아침 깨어나는데 문득 이 사태가 얼마나 지속될지 알 수 없다는 생각이 불현듯 들었다. 그는 떠나기로 했다. 직업상 도청 비서실장을 소개받아 자신은 오랑과 아무런 관계가 없고, 이곳에 계속 남아 있을 이유도 없으며, 우연히 이곳에 있게 되었고, 일단 이곳에서 나간 뒤에 자신을 격리 수용하는 한이 있더라도 자신이 떠나는 것을 허락하도록 요구할 수 있었다. 그러나 비서실장은 사정이 그래도 예외는 만들 수 없으며, 검토는 해 보겠지만 상황이 심각한 터라 확답을 줄 수 없다고 말했다.

랑베르가 "그렇지만…… 저는 이곳에서 이방인입니다."라고 대꾸하자 "분명 그렇기는 합니다만, 이 전염병이 지속하지 않기를 기대해 봅시다."라고 비서실장이 대답했다.

결국 리외는 랑베르에게 오랑에서 흥미로운 기삿거리를 얻을 수도 있고, 잘 생각하면 어떤 일이든 좋은 측면이 있다고 위로 삼아 말했다. 랑베르는 어깨를 으쓱했다. 그들은 시내 중심에 다다랐다.

"선생님도 잘 아시겠지만 이런 어처구니없는 일이 있나요? 저는 보도 기사나 쓰려고 태어나지 않았어요. 저는 한 여자와 함께하기 위해 존재하는 것 같습니다. 이것이 세상의 이치 아닌가요?"

어쨌든 그게 더 맞는 것 같다고 리외는 말했다.

시내에는 평소만큼 군중이 없었다. 몇몇 행인도 멀리 있는 집을 향해 발걸음을 재촉하고 있었다. 웃는 사람은 아무도 없었다. 리외는 그날 있었던 랑스도크 통신사의 보도 때문이라고 생각했다. 하루만 지나면 사람들은 다시 희망을 품기 시작하겠지만, 발표 당시에는 사망자 수가 사람들을 지배했다.

"그녀와 만난 지는 얼마 되진 않았지만, 마음이 잘 맞아요." 랑베르가 느닷없이 말했다. 리외는 대꾸하지 않았다.

"제가 지루한 이야기를 했군요. 저는 그저 선생님께서 제가 그 망할 전염병에 걸리지 않았다는 사실을 입증할 서류를 하나 작성해 주실 수 있는지 여쭤보고 싶었습니다. 그게 도움이 될 것 같아서요."

리외는 알겠다는 듯 고개를 끄덕이며 자기 다리 위로 넘어지는 어린아이를 안아서 천천히 일으켜 주었다. 그들은 아름 광장에 도착했다. 먼지투성이인 공화국 여신상 주위로 무화과나무와 종려나무 가지들이 희끄무레하게 먼지를 뒤집어쓴 채 미동도 없이 늘어져 있었다. 그들은 동상 아래 멈춰 섰다. 리외가 뿌연 먼지로 뒤덮인 발을 번갈아 가며 땅에 툭툭 털었다. 랑베르는 펠트 모자를 뒤로 약간 젖혀 쓰고 넥타이 아래 와이셔츠 단추를 풀어헤친 채 면도도 제대로 하지 않은 모습이었다. 기자의 표정은 고집스럽고 불만이 가득 차 보였다.

"심정은 알겠지만 옳은 방법은 아닌 것 같습니다. 선생님이 전염됐는지 걸리지 않았는지 모를 뿐더러, 설령 아니라고 해도 진찰실에서 나가 도청에 들어가는 사이에 전염되지 않는다는 보장도 없으니까요. 그러니 확인서는 써 드릴 수 없을 것 같습니다. 그리고……"

"네?"

"만일 제가 써 드린다고 해도 소용없을 겁니다."

"왜죠?"

"이 도시에 선생님과 같은 처지에 놓인 사람이 수천 명인데, 그 사람들 모두 도시 밖으로 내보낼 수는 없기 때문이지요."

"하지만 페스트에 걸리지 않은 사람도요?"

"그건 충분한 이유가 못 돼요. 터무니없는 상황이라는 것은 잘 알지만, 모두에게 직면한 문제죠. 있는 그대로 받아들여야 해요."

"하지만 전 이곳 사람이 아니라고요!"

"유감이지만 선생님, 이제부터 다른 모든 사람과 마찬가지로 당신은 이곳 사람이 되신 겁니다."

랑베르는 이 말에 흥분했다.

"맹세하건대, 이건 인도적 차원에서 접근해야 해요. 서로를 잘 이해하는 두 사람에게 이런 이별이 어떤 의미인지 선생님은 아마 이해하지 못하실 것 같네요."

리외는 잠시 망설이다가 이해하는 것 같다고 말했다. 랑베르가 아내를 되찾고 사랑하는 사람들이 모두 재결합하기를 원하지만, 포고령, 법률, 그리고 페스트가 있으니 마땅히 해야 할 일을 하는 것이 자신의 역할이라고도 말했다.

"아니지요." 랑베르는 원망하듯 말했다. "선생님은 이해 못 하세요. 선생님은 이성에 따라 말씀하시고, 그저 남 이야기하듯 추상적이시네요."

의사는 공화국 여신상을 향해 시선을 돌리고는, 자신이 이성적인 말만 하는지 모르겠으나 명백한 사실에 근거해 말하고 있으며 그 둘이 반드시 같은 것은 아니라고 말했다. 기자는 넥타이를 고쳐 맸다.

"그 말씀은 그러니까 다른 방법을 찾아야 한다는 거죠?"라고 그가 쏘아붙였다. "전 이 도시를 나가고 말 겁니다."

의사는 그를 충분히 이해하지만, 부탁한 일은 자신과 무관하다고 설명했다.

"우리는 관계가 있어요!" 랑베르가 갑자기 소리쳤다. "제가 선생님을 찾아온 것도 이번 결정에 선생님께서 큰 역할을 했다고 들었어요. 선생님이 벌인 일이니 적어도 저 하나쯤은 해결해 주실 수 있지 않을까 했죠. 그런데 무관한 일이라니요. 선생님께서는 다른 사람 사정이야 어찌 됐든 생이별한 사람의 마음을 모른 척하시네요."

리외는 어떤 의미에서 그 말은 사실이며, 그런 사정까지 고려하지 않았다고 인정했다.

"아! 알겠습니다."라며 랑베르가 말을 잘랐다. "공익을 말씀하시는군요. 그런데 공익이야말로 개인의 행복으로 구성되는 거죠."

"음……." 의사는 딴생각하다가 정신이 든 사람처럼 말했다. "이런 면도 저런 면도 있는 거겠죠. 단정해서는 안 됩니다. 그렇게 화내지만 말고 좀 진정하십시오. 만약 선생님이 이 문제에서 벗어날 수 있다면 저도 정말 기쁠 겁니다. 다만 저는 직무상 해서는 안 될 일이 있다는 거죠."

랑베르는 초조한 듯 머리를 흔들었다.

"알겠습니다. 화를 내서 죄송합니다. 선생님의 시간을 너무 많이 빼앗았네요."

리외는 일이 어떻게 진행되는지 알려 주기를 바라며 호의를 베풀지 못한 자신을 원망하지 말아 달라고 당부했다. 리외는 둘에게 어떤 공통점이 있다고 확신하며 말했다. 랑베르는 당황한 듯 잠시 침묵을 지켰다. "저 역시 그럴 수 있다고 생각하고 선생님께서도 그렇게 말씀하셨지만……." 하며 그는 망설였다.

"그래도 선생님 의견에 동의하지는 않습니다."

그는 중절모를 이마 위로 눌러쓰고 빠른 걸음으로 돌아갔다. 리외는 장 타루가 묵고 있는 호텔로 그가 들어가는 것을 지켜보았다.

잠시 후 의사는 머리에 떠오른 어떤 생각을 인정하는 것처럼 가볍게 고개를 끄덕였다. 행복을 방해하는 것을 거부한다는 점에서 기자가 옳았다. 하지만 의사가 추상적인 세계에 살고 있다는 비난은 정당할까? 페스트가 더욱 기승을 부려 사망자 수가 일주일 동안 500명에 달하고 있는 요즘, 온종일 병원에서 보내는 그가 정말 추상적일까? 재난은 현실과 단절되어 어딘지 비현실적인 면이 있다. 그러나 추상이 사람들을 죽이기 시작할 때, 우리는 추상과 제대로 부딪쳐야 한다. 리외는 그것이 그리 쉽지 않다는 것을 안다. 이제는 세 곳이 된 임시 병원을 책임지고 관리하는 것은 결코 쉬운 일이 아니었다. 그는 사람을 시켜 진찰실 맞은편을 개조해 접수대를 만들었다. 바닥에는 홈을 파 크레졸액을 탄 물을 채워 연못과 같은 것을 만들었고, 가운데는 벽돌을 섬처럼 쌓았다. 환자가 일단 섬으로 이송되면 재빨리 옷을 벗겨 물속에 던졌다. 환자의 몸을 씻기고 물기를 닦고 까칠까칠한 환자복으로 갈아입히면 리외의 손을 거친 뒤 병실로 옮겨졌다. 어쩔 수 없이 초등학교의 체육관까지 이용하게 되었는데, 그곳에 놓인 침대 500개는 이제 환자로 거의 꽉 찼다. 오전에는 리외가 환자를 접수하고 백신을 접종한 뒤 종기를 절개했다. 오전 진료가 끝나고 한 번 더 통계를 검토하면 오후에는 자기 병원으로 돌아가 진찰했다. 저녁이 되어서야 겨우 왕진을 마치고 집으로 돌아 왔다. 리외 부인이 전날 밤 머느리에게서 온 전보를 건네는데 아들의 손이 덜덜 떨리고 있었다.

"요즘 손이 떨려요. 견디다 보면 곧 안정되겠죠."

그는 건강하고 강단도 있었다. 사실 몸은 아직 피곤하지 않았다. 그러나 계속되는 왕진은 고역이었다. 전염성 열병이 라고 진단을 내리는 것은 곧 환자에게 격리를 선고하는 것과 같았다. 가족들은 환자가 완치되거나 죽기 전까지 다시 못 만 난다는 것을 알기에 바로 그 순간 추상과의 난관이 시작되었 다. 타루가 묵고 있는 호텔 객실 청소원의 어머니 로레 부인 은 "한 번만 봐 주세요, 선생님. 제발 불쌍히 여겨 주세요"라 고 말했다. 그건 무슨 뜻이었을까. 의사도 당연히 동정심이 있었지만, 그것은 아무런 도움이 안 되었다. 전화를 걸어야만 했고, 곧이어 구급차 사이렌 소리가 들렸다. 초기에는 이웃들 이 창문을 열고 내다보더니 이제는 황급히 창문을 닫았다. 환 자의 가족들은 옥신각신하다가 눈물을 흘리고 설득에 나섰 다. 고열과 불안이 들끓는 집에서 요컨대 추상이라는 그런 터 무니 없는 장면이 벌어지는 것이다. 리외는 환자가 이송된 후 에야 자리를 뜰 수 있었다.

처음 며칠은 전화만 걸고 구급차는 기다리지 않은 채 다른 환자를 보러 갔다. 그러나 어떻게 될지 뻔히 아는 이별보다 페스트를 함께하는 것이 차라리 낫다고 생각했는지 가족들은 그가 가고 나면 문을 걸어 잠갔다. 고함을 지르고, 명령을 내리고, 경찰의 개입으로도 안 되면 무장 군인이 출동해 환자를 무력으로 데려갔다. 그래서 초기 몇 주는 구급차가 올 때까지 환자 옆에 남아 기다릴 수밖에 없었다. 왕진할 때 자원봉사 감독관 한 명을 대동하게 되었을 때야 리외는 다른 환자에게 곧장 달려갈 수 있었다. 그러나 초기에는 로레 부인 집에서 겪었던 일이 이제는 매일 저녁 되풀이되었다. 부채와 조화로 장식한 조그마한 아파트에 들어서면 환자의 어머니가 어색하게 웃으며 이렇게 말했다.

"항간에 떠도는 열병이 아니면 좋겠네요."

그는 이불과 잠옷을 들추고 복부와 넓적다리에 생긴 붉은 반점과 부어오른 림프샘을 말없이 들여다보았다. 어머니는 딸의 다리 사이를 보다가 참지 못하고 비명을 질렀다. 매일 저녁, 자식의 배에서 치명적인 증세를 본 어머니들은 추상적인 표정으로 비명을 질렀다. 매일 저녁, 사람들은 리외의 팔을 붙잡고 무용한 말들과 약속과 눈물을 쏟아냈다. 구급차가 사이렌을 울리면 사람들은 고통에 겨워 발작했지만, 그 또한 공허한 몸부림이었다. 저녁마다 비슷한 일들은 반복되었고, 끝없이 되풀이되는 광경을 지켜보는 것 외에는 아무것도 기대할 수 없었다. 그렇다. 페스트는 한 폭의 추상화처럼 단조로웠다. 달라진 것이 있다면 그것은 리외 자신이었다. 그날 저녁, 공화국 여신상 아래에서 리외는 랑베르가 사라진 호텔의 문을 응시하면서 자신의 무관심을 의식하기 시작했다. 마음이 무거워졌다.

무력하게 지낸 지 몇 주, 사람들이 쏟아져 나와 거리를 배회할 때 리외는 이제 동정심에 대항할 필요가 없다는 것을 알았다. 동정심이 무용해지면 동정하는 것은 피로할 뿐이다. 그의 생을 무겁게 짓누르는 부담감으로부터 유일한 위안은 서서히 마음의 문이 닫히고 있다는 것이었다. 그러면 자기 일이 좀 더 수월해진다는 것을 알았다. 그의 어머니는 새벽 2시에 귀가하는 리외를 맞이하며 자기를 바라보는 아들의 눈빛이 공허하다는 것을 알고 마음이 아팠다. 그녀는 그 사실이 안타까웠지만, 추상적인 것과 맞서 싸우기 위해서는 추상과 닮을 필요가 있었다. 하지만 랑베르가 어찌 그 사실을 눈치 챘겠는가. 랑베르에게 추상이란 자신의 행복을 가로막는 모든 것이었다. 어떤 의미에서 랑베르가 옳다는 것을 리외는 알고 있었다. 그러나 추상이 구체적인 행복보다 더 강력할 수 있으며, 그 경우 반드시 추상적인 것을 염두에 두어야 한다는 것 또한 리외는 잘 알고 있었다. 앞으로 랑베르에게 일어날 일이었고, 후에 랑베르의 고백을 통해 리외는 그 사실을 상세히 알 수 있었다. 그렇게 리외는 오랜 시간 사람들의 삶을 지배했던 개인의 행복과 페스트라는 추상 사이에 벌어진 우울한 투쟁을 새로운 차원에서 바라볼 수 있었다.

어떤 사람은 그것으로부터 추상을 보았고, 어떤 사람은 진리를 보았다. 페스트 발병 첫 달은 전염병이 급격히 퍼진 데다 파늘루 신부의 격렬한 설교 탓에 암울했다. 파늘루 신부는 미셸 영감의 증상이 발견되었을 때 그를 도와준 예수회 소속 신부로, 오랑의 지리학회지에 자주 논문을 기고하는 유명한 인물이었다. 특히 그의 금석문 고증은 권위가 있는 편이었다. 그는 현대 개인주의를 주제로 강연하며 그 분야의 전문가보다 더 많은 청중을 모으기도 했다. 신부는 강연에서 현대의 방종은 물론 지난 세기의 반계몽주의와 거리를 둔, 엄격한 기독교 신앙의 열렬한 옹호자를 자처했다. 그의 명성은 혹독한 진실들을 가차없이 청중에게 털어놓는 데서 비롯되었다.

그달 말, 시 고위 성직자들은 공동 기도 주간을 마련해 페스트와 맞서 싸우기로 했다. 대중의 신앙심을 고양하기 위한 이 행사는 페스트 환자였던 성(聖) 로크에게 장엄 미사를 봉헌하고 일요일에 막을 내리기로 되어 있었다. 파늘루 신부는 그 미사의 설교를 요청받은 상태였다. 그는 성 아우구스티누스와 아프리카 교회에 관한 연구로 교단에서 독보적인 지위를 얻고 있었는데, 약 2주 전부터 그 연구에서 간신히 벗어난 상태였다. 성미가 격하고 열정적인 그는 자기에게 주어진 사명을 겸허히 받아들였다. 예정된 날짜보다 일찍부터 설교에 대한 관심이 뜨거웠다. 따라서 그 설교는 페스트 발병 시기의 중요한 역사적 사건으로 기록되었다.

수많은 군중이 기도 주간에 참여했다. 평소 오랑 시민의 신앙심이 특별히 두터웠던 것은 아니었다. 가령 일요일 아침 해수욕을 위해 미사에 나가지 않기 일쑤였다. 그렇다고 갑자기 종교로 귀의하라는 계시를 받은 것도 아니었다. 군중이 몰려든 이유는 도시가 폐쇄되고 항구가 막혀 해수욕 자체가 불가능한 탓도 있었지만, 무엇보다 그들에게 닥친 사건을 완전히 받아들이지는 못하면서도 어떤 특이한 변화가 생긴 것만은 매우 분명했기 때문이었다. 그러면서도 전염병은 곧 사라질 것이고, 자기와 가족들은 안전할 것이라고 낙관했다. 그들은 아직 초조해하지 않았다. 페스트는 예기치 않게 찾아온 것처럼 언젠가는 떠날 불쾌한 방문객에 불과했다. 두려움에 떨었지만 절망하지는 않았다. 페스트가 그들의 생활 양식이 되고, 지금까지 누리던 모든 존재 방식을 송두리째 앗아 가는 순간이 그들을 기다리고 있다는 사실을 몰랐기 때문이다. 그들은 페스트로 말미암아 종교에 대해 특이한 사고방식을 갖게 되었다. 그것은 열광이나 무관심과는 거리가 먼, '객관성'에 가까운 것이었다. 예를 들어 독실한 신자 한 사람이 의사리외 앞에서 "어쨌든 나쁠 건 없잖아요."라고 말한 것으로 기도 주간에 참가한 대부분의 심리를 유추할 수 있었다. 타루도 이런 경우 중국인들은 페스트 유령 앞에서 북을 친다고 수첩에 적은 다음, 실제로 북이 의학적 예방 조치보다 더 효과적인지 제대로 알 수 없다고 지적했다. 대신 그는 이 문제의 명확한 답을 찾기 위해 페스트라는 유령을 제대로 파악해야 하지만, 우리가 아무것도 모르기 때문에 의견들은 모두 무의미해질 뿐이라고 덧붙였다.

어쨌든 오랑의 대성당은 기도 주간 내내 신자들로 만원을 이루었다. 처음 며칠은 수많은 시민이 성당에 들어가지 않고, 종려나무와 석류나무가 가득한 정원에 서서 성당 안에서 밀물처럼 쏟아져 나오는 기도와 바람을 들었다. 이내 몇몇 사람이 조금씩 안으로 들어가더니, 뒤따라 들어간 사람들이 신자들의 화답에 머뭇거리는 목소리로 끼어들었다. 파늘루의 설교가 예정되었던 일요일에는 엄청난 군중이 성당 중앙홀을 가득 메웠다. 군중은 성당 앞뜰과 층계 꼭대기까지 넘쳐났다. 토요일부터 먹구름이 끼더니 억수같이 비가 쏟아지던 상황에서 성당 바깥쪽의 사람들은 우산을 쓰고 서 있을 정도였다. 성당 안에는 향과 축축하게 젖은 옷 냄새가 감돌았고, 드디어 파늘루 신부가 교단에 올랐다.

신부는 보통 키에 체격은 다부졌다. 그는 교단 가장자리의 나무틀을 커다란 두 손으로 꽉 쥐며 몸을 청중 쪽으로 내밀었다. 금속 안경테 밑으로 불그스레한 두 뺨만 허공에 둥둥 떠 있는 것처럼 보였다. 힘차고 열정적인 목소리는 멀리까지 울려 퍼졌다. 그가 "형제 여러분, 우리에겐 재앙이 닥쳤습니다. 그리고 그것은 자업자득입니다."라고 말했을 때, 그곳에 일어난 동요는 청중을 뚫고 성당 앞 광장까지 퍼졌다.

엄밀히 따지면 이어지는 연설은 비장했던 서두와 논리적 맥락이 맞지 않았다. 청중은 다음 대목을 듣고 나서야 능란한 웅변술을 이용한 일격이라는 것을 알 수 있었다. 신부는 『출애굽기』에 나오는 이집트에서 발생한 페스트 관련 구절을 인용하며 "이 재앙이 역사에 처음 등장한 것은 주님의 적들을 쳐부술 때입니다. 파라오가 신의 섭리를 거역했으므로 페스트가 나타나 그를 굴복시킨 겁니다. 태초부터 신의 재앙은 오만한 자들과 눈먼 자들을 그의 발밑에 꿇어 앉혔습니다. 이 점을 잘 생각하고 무릎을 꿇으십시오."라고 말했다.

빗줄기가 더욱 거세졌다. 모두 침묵을 지키는 가운데, 성단소(성당에서 성가대와 성직자가 있는 자리) 쪽의 창을 두드리는 빗소리가 설교 마지막 문장을 더욱 웅장하게 만들었다. 몇몇 사람은 잠시 머뭇거리더니 바닥에 무릎을 꿇고 기도하기 시작했다. 그들 주변부터 하나둘 차례로 의자에서 내려오더니 곧 한 명도 빠짐없이 무릎을 꿇었다. 의자의 삐걱거리는 소리 외에 다른 소리는 들리지 않았다. 파늘루 신부가 다시 몸을 일으켜 깊은숨을 쉬고는 점점 더 강한 어조로 말을 이었다. "그렇습니다. 우리에게 지금 페스트가 닥친 것은 반성할 순간이 됐기 때문입니다. 정의로운 사람은 두려워할 필요가 없습니다. 사악한 사람들은 두려움에 떠는 것이 당연합니다. 우주라는 거대한 곳간에서 밀알을 털어내듯, 무자비한 재앙은 인간이라는 밀을 타작할 것입니다. 낟알보다 짚이 더 많을 것이고, 부름을 받는 자는 많되 선택된 자는 그리 많지 않을 것입니다. 하느님은 이 불행을 원치 않으셨습니다. 이 세상은 너무 오랫동안 악과 타협했습니다. 이 세상은 너무 오랫동안 신의 자비에 안주했습니다. 잘못은 회개하는 것만으로 충분했고, 모든 것이 허용되었습니다. 사람들은 회개할 수 있다고 자신했습니다. 언제든 회개할 순간이 올 것이라고 믿었겠지요. 그날이 올 때까지 제멋대로 살다 보면, 자비로운 신이 나머지는 해결해 주시리라, 그렇게 생각한 겁니다. 그런데 그렇게 계속되지 않았습니다. 그토록 오랫동안 이 도시를 불쌍히 굽어보시던 신이 영원한 희망을 기다리다 지쳐 우리를 외면하고 말았습니다. 우리는 이제 신의 빛을 잃고, 오랫동안 페스트의 암흑 속에 놓이게 된 것입니다."

그 말을 듣자 설교를 듣던 몇몇은 콧바람 소리를 냈다. 짧은 침묵이 흐른 뒤 파늘루는 더 낮은 목소리로 말을 이었다. "『황금 전설』에 이런 이야기가 나옵니다. 롬바르디아의 움베르토 왕 시대에 이탈리아는 페스트로 말미암아 쑥대밭이 되었는데, 얼마나 창궐했던지 산 사람이 죽은 사람을 매장하기 어려울 정도였다고 합니다. 특히 페스트는 로마와 파비아에서 맹위를 떨쳤습니다. 선한 천사가 나타나 창을 든 악한 천사에게 집집을 돌며 문을 두드리라고 명했습니다. 문을 두드린 만큼 사람들이 죽어 나갔다고 합니다."

여기서 파늘루는 비의 장막 뒤에 있는 무언가를 가리키려는 듯 성당 앞 광장 쪽으로 짧은 두 팔을 뻗었다. "형제 여러분!" 하며 그가 힘주어 말했다. "이 죽음의 사냥이 우리 마을에서 벌어지고 있습니다. 자, 저기 루시퍼처럼 아름답고 악의화신처럼 찬란한 페스트의 천사가 여러분의 집 지붕 위에 서서 오른손으로는 붉은 창을 머리 위로 치켜들고, 왼손으로는 여러분의 집을 가리키고 있습니다. 지금 이 순간, 그의 손가락이 여러분의 집 문을 가리키고 그의 창은 나무 대문을 두드리고 있을지 모릅니다. 지금 이 순간 페스트가 집으로 들어가 여러분이 돌아오기를 기다리고 있을지 모릅니다. 페스트는 조심스럽고 참을성 있게, 마치 이 세상의 질서 그 자체인 듯 담대하게 그곳에 있습니다. 지상의 그 어떤 힘으로도, 특히 인간의 공허한 지식으로는 페스트가 뻗치는 손을 피할 수 없습니다. 여러분은 피비린내 나는 고통의 곳간에서 타작을 당하다 짚과 함께 버려질 것입니다."

여기서 신부는 재앙의 이미지를 더욱 비장하게 그려 나갔다. 그는 거대한 나무 막대가 도시 위에서 소용돌이치다가 닥치는 대로 후려갈기고, 피의 소나기 속에서 다시 솟구치다 마침내 '진리를 수확할 때를 위해' 대학살과 고통을 지구에 흩뿌리는 장면을 청중에게 상기시켰다.

파늘루 신부는 길고 긴 설교를 잠시 멈췄다. 머리카락이 이마 위로 흘러 내려와 있었다. 몸의 떨림이 양손을 통해 설교단까지 전달되었다. 그는 나지막이 질책하듯 말을 이어 갔다. "그렇습니다. 반성할 시간이 되었습니다. 여러분은 주일만 지키면 나머지 시간은 자유롭게 살아도 된다고 믿었습니다. 여러분은 몇 번 무릎 꿇는 것으로 죄의 대가를 충분히 치렀다고 생각했습니다. 그러나 신은 그렇게 미온적이지 않습니다. 그렇게 가끔 찾아서는 그분의 넘치는 사랑을 만족시키지 못합니다. 신은 당신을 더 오랫동안 보고 싶어 합니다. 그것이 당신을 아끼는 방식이며, 그분의 유일한 사랑의 방식입니다. 신은 여러분이 찾아오길 기다리시다가 지쳐버렸기 때문에 역사 속 죄 많은 도시처럼 재앙이 찾아들도록 내버려 두신 것입니다. 카인과 그 후손들, 노아의 대홍수 이전 사람들, 소돔과 고모라 사람들, 애굽 왕과 욥, 그리고 저주받았던 모든 사람과 마찬가지로 여러분도 이제 죄가 무엇인지 깨달았습니다. 그들이 그러했듯이 이 도시가 여러분을 재앙과 함께 벽으로 가둔 그날부터 여러분은 존재와 사물을 새로운 눈으로 바라보고 있습니다. 이제야, 아니 드디어 본질에 눈뜨게 된 것입니다."

그 순간 축축한 바람이 성당의 중앙홀까지 불었다. 큰 촛대의 불꽃이 꺼지려는 듯 너울거리며 지지직거렸다. 짙은 촛농 냄새, 기침과 재채기 소리가 파늘루 신부에게까지 들려왔지만, 그는 침착한 목소리로 노련하게 자신의 설교를 이어 갔다. "제가 어떤 결론에 도달할지 많은 분이 궁금해 하리라는 것을 압니다. 저는 여러분을 진실로 이끌고자 하며, 제가 언급한 모든 것에도 불구하고 여러분이 기쁨을 누릴 수 있도록 해드리고자 합니다. 충고나 애정 어린 손길로 선(善)으로 이끌던 시대는 이미 지났습니다. 오늘날 진리란 하나의 명령입니다. 붉은 창이 여러분에게 구원의 길을 제시하고 그곳으로 가도록 부추깁니다. 형제자매 여러분. 선과 악, 분노와 연민,

페스트와 구원을 만물 속에 마련하신 하느님의 자비가 바로 이곳에서 그 모습을 드러내고 있습니다. 여러분을 죽이는 이 재앙이 여러분을 고양하고 여러분에게 길을 제시하고 있습니다. 수 세기 전 아비시니아의 기독교도들은 페스트를 신의 선물로, 영생에 도달하는 확실한 방법으로 여겼습니다. 병에 걸리지 않은 사람은 확실하게 죽을 수 있도록 페스트 환자의 이불로 몸을 감싸기도 했습니다. 구원에 대한 광기 어린 행동은 분명 본받을 점은 아닙니다. 유감스럽게도 그것은 성급하고 진실로 오만해 보입니다. 인간이 신보다 더 서둘러서는 안 됩니다. 그분께서 한 번 세우신 만고불변의 질서를 채근하는 모든 행위는 이단에 이르기 마련입니다. 그러나 아비시니아의 기독교도들이 보여 준 예는 나름대로 교훈이 있습니다. 우리가 보다 더 통찰력을 가지고 본다면 이러한 예는 고통의 한가운데 자리한 영생의 감미로운 빛의 가치를 오롯이 드러냅니다. 그 불빛은 황혼 녘을 밝히며 해방에 이르게 합니다. 그 불빛에는 악을 완전히 선으로 변화시키는 신의 의지가 드러납니다. 지금도 여전히 죽음과 번민과 아우성으로 가득한 저 길을 통해 그 빛은 우리를 본연의 침묵으로, 모든 생명의 근원으로 인도하고 있습니다. 자, 형제자매 여러분. 바로 이 가없는 위안이야말로 여러분에게 들려드리고자 했던 것이며, 저는 여러분이 이곳에서 형벌뿐 아니라 위로의 말씀도 가지고 가시기를 바랍니다."

파늘루 신부의 설교가 끝난 것 같았다. 밖에는 비가 멎어 있었다. 빗물과 햇빛을 머금은 하늘에서 한층 생생해진 빛이 광장을 비추고 있었다. 사람들의 말소리와 자동차가 지나가는 소리가 들렸다. 잠에서 깨어난 듯 도시의 언어들이 거리로부터 들려왔다. 청중은 낮게 웅성거리며 소지품을 챙겼다. 그런데 신부가 다시 페스트는 신이 내린 것이고, 앞으로 이 재앙의 징벌적 성격을 밝혔으니 자신은 맡은 바 의무를 다했으며 이와 같은 비극적 주제를 다룬 이상 감동적인 말로 결론을 맺고 싶지는 않다고 말을 이었다. 그가 보기에 청중은 모든 것을 명확하게 받아들인 것 같았다. 그는 다만 마르세유에 페스트가 창궐했을 때, 연대기 작가 마티외 마레가 지옥에 빠져 구원도 희망도 없이 살고 있다고 한탄했다는 사실을 덧붙여 말했다. 그는 신을 보지 못했지만, 그와 반대로 파늘루 신부는 모든 사람에게 베풀어진 하느님의 구원과 기독교의 희망을 오늘만큼 생생하게 느껴 본 적이 없었다. 그는 공포로 가득한 절망의 날들, 죽어 가는 이들의 아우성에도 불구하고 오랑 사람들이 그 어떤 희망보다 기독교의 복음, 사랑의 기도를 하늘을 향해 올리기를 바랐다. 나머지는 하느님이 주관하시리라.

그 강론이 사람들에게 영향을 미쳤는지 아닌지는 단언할 수 없다. 치안판사 오통은 파늘루 신부의 설교를 '흠잡을 데가 전혀 없었다.'라고 평했다. 하지만 모든 사람의 의견이 그렇게 확고하지는 않았다. 다만 그 설교로 말미암아 지금까지 막연했던 생각, 즉 알지도 못하는 어떤 죄를 저질렀고, 그로 말미암아 상상을 초월하는 대가를 치르고 있다는 생각을 더욱 절감하게 했다. 어떤 이들은 보잘것없는 일상을 꾸려 나가며 감금 생활에 익숙해졌고, 어떤 이들은 그때부터 이 감옥에서 탈출하겠다는 생각뿐이었다.

사람들이 초기 외부와의 단절을 쉽게 받아들인 까닭은 그것이 일상적인 습관을 일시적으로 방해하는 불편 정도로만 받아들였기 때문이다. 그러나 푸른 하늘 아래 여름이 끓어오르자, 그들은 자신들의 감금 상태가 삶 전체를 위협하고 있다는 사실을 막연하게나마 느끼기 시작했다. 그리하여 저녁이 되고 조금 선선해지면 기력을 되찾고 때로는 절망적인 행동에 자신을 내던졌다.

우연의 일치인지 모르지만, 설교가 있던 일요일부터 도시에 두려움이 만연해졌다. 사람들이 상황을 제대로 인식하기 시작한 듯했다. 그런 관점에서 도시는 약간 달라졌다. 그러나 실제 분위기가 변한 것인지 사람들의 마음이 변한 것인지는 알 수 없었다.

며칠 후 리외와 그랑은 교외로 향하다가 어둠 속에서 제자리를 빙글빙글 맴돌며 비틀거리는 한 남자와 마주쳤다. 두 사람이 설교에 관해 이야기를 나누고 있을 때였다. 바로 그때 낮이 길어지자 점점 늦게 점등되던 가로등에 불이 켜졌고, 보행자 등 뒤로 높이 매달려 있던 가로등 불빛에 드러난 그 남자는 눈을 감고 소리 없이 웃고 있었다. 그의 표정은 웃느라 일그러져 있었다. 빛을 받아 창백해진 얼굴 위로 굵은 땀방울이 흘러내렸다. 그들은 남자를 그냥 지나쳤다.

"미쳤나 봐요." 그랑이 말했다.

리외는 그랑의 팔을 잡아끌었다. 그랑의 팔이 떨리고 있었다.

"머지않아 이 도시에는 미친 사람밖에 없을 거예요."

피곤해서 그런지 그는 목이 탔다.

"한잔할까요?"

그들은 조그만 카페로 들어갔다. 계산대 옆 전등 하나만이 실내를 밝히고 있었다. 사람들은 붉고 답답한 실내에서 별다른 이유 없이 나지막한 목소리로 대화를 나누고 있었다. 그랑은 바에 선 채 술을 한 잔 주문하더니 놀랍게도 단숨에 들이켰다. 그는 술이 꽤 센 편이라고 말하며 밖으로 나가자고 했다. 밖으로 나오자 리외는 밤이 신음으로 가득한 것만 같다고 느꼈다. 가로등 위 어두운 하늘 어딘가에서 들려오는 둔탁한 휘파람 소리는 뜨거운 공기를 끊임없이 휘젓는 보이지 않는 재앙을 상기시켰다.

"다행이에요. 다행입니다." 그랑이 말했다. 리외는 그랑의 말이 무슨 의미인지 몰랐다.

"다행히 저는 할 일이 있거든요."

"그거 잘됐네요."라고 리외가 말했다.

리외는 휘파람 소리에 더는 신경 쓰지 않을 생각으로 그랑에게 그 일에 만족하느냐고 물었다.

"글쎄요. 순조로운 편이죠."

"아직 많이 남았나요?"

알코올이 섞인 그랑의 목소리에 생기가 돌았다.

"모르겠어요. 하지만 문제는 그게 아니죠. 선생님, 그건 문제가 아니에요."

어둠 속에서 그랑은 팔을 사방으로 휘젓고 있었다. 그는 별안간 수다스럽게 떠들어 댔다.

"선생님, 제가 원하는 건 말이죠. 원고가 출판사에 넘어가는 날, 편집자가 제 원고를 읽곤 자리에서 일어나 동료들에게 '여러분, 모자를 벗고 훌륭한 작품에 대한 경의를.'이라고 말해 주는 거예요."

리외는 뜻밖의 고백을 듣고 깜짝 놀랐다. 그랑은 한 손을 머리로 가져가 모자를 벗는 시늉을 하더니 팔을 수평으로 길게 뻗었다. 휘파람 소리가 저 높은 곳에서 더 크게 들려오는 것 같았다.

"물론, 원고가 완벽해야지요." 그랑은 말했다.

문학계의 관례를 알지 못했지만 리외가 보기에 그것은 그리 간단치 않을 것 같았다. 우선 편집자들이 사무실 안에서 모자를 쓰고 있을 것 같지 않았다. 그러나 상황은 어찌 될지 모르는 것이기에 리외는 입을 다물었다. 그는 페스트가 내는 신비로운 소리에 자신도 모르게 귀를 기울였다. 그랑의 동네가 가까워지고 있었다. 고원 지대로 불어온 시원한 미풍이 도시의 온갖 소음을 말끔히 씻어 주었다. 그랑은 계속해서 말을 이어 갔지만 전부 알아듣기는 힘들었다. 다만 그의 작품은 상당히 진척되었고, 완벽하게 만들기 위해 들어간 작가의 수

고와 고통은 느낄 수 있었다. 그랑은 "며칠 저녁, 몇 주를 꼬박 단어 하나 때문에…… 어떤 때는 접속사 하나 때문에."라고 말하다가 말을 멈추고 의사의 외투에 있는 단추 하나를 잡아끌었다. 고르지 못한 치아 사이로 말이 떠듬떠듬 새어 나왔다.

"생각해 보세요. 엄밀히 말해 '그러나'와 '그리고' 중에 선택하는 건 그나마 쉬운 편이에요. '그리고'와 '그다음에' 가운데 하나를 선택하는 건 더 어렵지요. '그다음에'와 '이어서'를 선택해야 하면 훨씬 어려워지죠. 그중 가장 어려운 건 '그리고'를 넣어야 할지 말아야 할지 선택하는 거예요."

"무슨 말인지 알 것 같아요." 리외가 말했다.

리외는 다시 걷기 시작했다. 그랑은 당황한 것 같았지만 다시 걸음을 맞췄다.

"죄송해요."라고 그는 작게 중얼거렸다. "오늘 제가 왜 이러는지 모르겠네요."

리외는 그의 어깨를 가볍게 두드리며 자신은 그를 돕고 싶고, 그의 이야기가 아주 흥미로웠다고 말했다. 그랑의 기분이 조금 좋아진 듯했다. 집 앞에 도착하자 그랑은 약간 망설이더니 잠시 안으로 들자고 청했다. 의사는 승낙했다.

주방에 들어서자 그랑은 리외에게 식탁에 앉으라고 권했다. 식탁은 종이로 뒤덮여 있었는데 깨알 같은 글씨 위에 삭

제되거나 수정된 흔적이 가득했다.

"네, 바로 이겁니다." 리외가 눈짓으로 묻자 그랑이 대답했다. "마실 것 좀 드릴까요? 포도주가 있는데."

리외는 거절했다. 그는 원고를 보고 있었다.

"보지 마세요. 제가 쓴 첫 문장인데, 여간 힘들었던 게 아닙니다." 그랑이 말했다.

그랑은 종이들을 보다가 더는 참을 수 없었던지 원고 한 장을 집어 들고는 갓도 씌우지 않은 전등 앞에 대고 비춰 보았다. 종이를 든 손이 떨리고 있었다. 그랑의 이마가 땀으로 축축하게 젖어 있었다.

"좀 읽어 주세요." 리외가 말했다.

그랑은 리외를 보며 고맙다는 듯 미소를 지었다.

"저도 읽어드리고 싶네요."

그랑은 원고를 바라본 채 망설이다 이내 자리에 앉았다. 리외는 윙윙거리는 희미한 소리에 귀를 기울이고 있었다. 마치 재앙이 내는 휘파람 소리에 대답하는 것만 같았다. 바로 그 순간 그는 발밑에 펼쳐진 이 도시와 그 도시가 만든 폐쇄된 세계, 이 어두운 밤 도시가 억누르고 있는 무시무시한 절규를 놀랄 만큼 또렷하게 지각할 수 있었다. 그랑의 목소리가 조심스럽게 커졌다. '5월의 어느 화창한 아침에 우아한 여인 한 명이 근사하고 검은 밤색 암말을 타고, 꽃이 만발한 불로뉴 숲의 오솔길을 달리고 있었다.' 잠시 침묵이 이어지더니 이내 도시의 고통스러운 소음이 희미하게 들렸다. 그랑은 종이를 내려놓고도 여전히 그것을 보고 있었다. 잠시 후 그가 고개를 들었다.

"어떻게 생각하세요?"

리외는 이어질 내용이 궁금해지는 도입이라고 대답했다. 그랑은 그런 관점은 적절하지 않다고 활기차게 말했다. 그는 손바닥으로 원고를 쳤다.

"이건 대충 쓴 것에 불과해요. 머릿속에 든 장면을 완벽하게 재현해 내서 제 문장이 말이 하나 둘 셋, 하나 둘 셋 하는 경쾌한 발걸음처럼 기품을 가지게 된다면 나머지는 수월해질 거예요. 그러면 도입이 강렬해질 테고 그 마법 같은 힘에 이끌려 '모자를 벗으시오!'라는 소리가 나오겠죠."

하지만 그렇게 되기 위해 아직 할 일이 많이 남았다고 했다. 그는 지금의 문장 그대로 인쇄에 넘길 생각은 없다고 말했다. 물론 만족스러운 순간도 있지만, 아직 현실과 완벽하게 일치하지 않으며 어떤 의미에서는 안이한 어조가 남아 있어서 낡은 표현들이 있다는 것을 자신이 잘 알고 있었다. 어쨌든 그랑의 요지는 그러했는데, 그때 창밖에서 사람들이 뛰어가는 소리가 들렸다. 리외가 자리에서 일어났다.

"두고 보십시오."라고 그랑이 말했다. 그는 창문 쪽으로 몸

을 돌리고는 덧붙였다. "이 모든 일이 끝난 뒤의 이야기지만
요."

급히 뛰어가는 발소리가 다시 들렸다. 리외는 벌써 계단을
내려가고 있었다. 거리로 나오자 그의 앞으로 남자 두 명이
지나갔다. 도시 출입문 쪽으로 가는 것 같았다. 오랑 사람들
가운데 일부는 이미 더위와 페스트 때문에 이성을 잃고 폭력
적으로 변했으며, 급기야 검문소의 감시를 피해 도시 밖으로
도망치려 하고 있었다.

랑베르와 마찬가지로 다른 사람들도 스멀스멀 퍼지는 공포 분위기를 벗어나려고 애썼다. 더 끈질기고 교묘하게 노력했지만 그렇다고 성공적이었던 것은 아니다. 랑베르는 끈기가 결국 모든 것을 극복한다고 믿으며 공식 절차를 계속 밟았다. 곤란한 일을 해결해 나가는 것이 그의 직업이기도 했다. 그는 평소 타의 추종을 불허하는 상당수의 관리나 유력 인사들과의 접촉을 시도했다. 그러나 그들의 능력은 아무짝에도 쓸모가 없었다. 그들은 은행이나 수출, 청과물 또는 포도주 거래에 관해서는 전문가였다. 열의는 물론이고, 학벌이나 소송이나 보험에 관한 해박한 지식까지 갖추고 있었다. 가장 인상적이었던 것은 모두 자신에 대해 호의적이었다는 것이다. 그러나 페스트에 대해서는 아는 바가 전혀 없었다.

랑베르는 그들을 만날 때마다 자신의 사정을 호소했다. 자기는 이 도시와 무관하며, 따라서 특별 고려 대상이라는 것이었다. 기자가 만난 사람들도 그 점에 대해서는 인정했지만, 다른 사람들도 대체로 같은 상황이며 그런 상황이 그의 생각보다 특별하지 않다고 일러 주기도 했다. 랑베르는 그렇다고 해도 자기의 논지가 변하는 것은 아니라고 대답했다. 사람들은 선례를 남기지 않으려고 특별 배려 조치를 허용하지 않아 행정 당국이 어려움을 겪는 상황에서 이방인이라고 도시 밖을 나가는 것을 허용하면 지금의 방침에 문제가 생긴다며 경멸적인 어조로 답했다. 랑베르가 의사 리외에게 제시한 분류법에 따르면, 그런 유형의 사고방식은 형식주의자 범주에 속했다. 그런가 하면 듣기 좋은 말을 잘하는 사람들은 페스트 상태는 오래갈 수 없으며, 일시적인 괴로움에 불과하다고 랑베르를 위로했다. 영향력이 있는 부류는 방문객에게 자기 생각을 요약한 메모를 남기라고 하고는 차후 결정을 내리겠다고 했다. 별 볼 일 없는 부류는 그에게 숙박권을 주거나 하숙집 주소를 알려 주겠다고 제안했고, 논리적인 부류는 서류의 빈칸을 채우도록 한 뒤 그것을 서류철에 잘 정리했다. 바쁜 사람들은 두 손을 들었고, 귀찮은 사람들은 눈을 돌렸다. 마지막으로 보수주의자들은 랑베르에게 다른 부서를 소개하거나 새로운 방법을 찾을 것을 권했다.

기자는 사람들을 찾아다니느라 녹초가 되었다. 그는 세금이 면제되는 국채를 신청했고, 식민지 주둔 군부대 입대 권유 포스터 앞에 놓인 인조 기죽 의자에 앉아 대기하기도 했고, 일의 진행을 표정으로 드러내는 관공서를 수차례 드나들다 보니 시청이나 도청이 어떤 곳인지 정확하게 알 수 있었다. 나중에 리외에게 씁쓸하게 말했듯 사실 랑베르는 탈출을 꾀하느라 사태를 제대로 파악하지 못했다. 그는 페스트가 퍼지고 있는 것에 대해 생각조차 하지 않았다. 도시가 처해 있는 상황 속에서 하루가 지난다는 것은, 아직 살아 있다는 전제하에서 각자 시련의 끝에 가까워지는 것을 의미했다. 리외는 이 점을 부인할 수 없었지만, 지나친 일반화처럼 느껴지기도 했다.

랑베르는 한때 희망을 품기도 했다. 도청으로부터 신원 조회서에 정확한 기입을 요구받은 것이다. 서류는 인적 사항, 가족 관계, 과거와 현재의 수입, 이력에 관해 물었다. 그는 고향으로 송환할 사람들을 조사하는 것으로 생각했다. 불확실한 정보이기는 했지만, 도청의 어떤 부서에서 얻은 여러 정보에 의해 추측은 확고해졌다. 그는 조사 끝에 서류를 보내온 부서를 찾아냈는데, 그곳에서는 '만일을 대비해' 정보를 수집하는 것이라고 설명했다.

"어떤 경우를 말입니까?" 랑베르가 물었다.

그곳은 만약 그가 페스트로 사망하게 될 경우 가족에게 사망 통보를 해야 하며, 병원비를 시의 예산에서 공제할지, 친인척들의 상환을 받을 수 있는지 파악하기 위해 조사한다고 말했다. 신원 조회 서류는 그와 그를 기다리고 있는 연인이 완전히 절연된 것은 아니라는 것을 증명했다. 사회가 그들에게 관심을 기울이고 있으니 말이다. 그렇다고 위로가 되는 것은 아니었다. 랑베르가 마침내 알게 된 더 놀라운 점은 재난이 절정일 때도 한 기관은 여전히 업무를 수행하고 있었으며, 그 목적으로 설치된 기관이라는 이유만으로 종종 최고 행정 기관도 모르게 후일을 위한 조치를 주도적으로 행할 수 있다는 점이었다.

이후 랑베르는 가장 편안하면서도 가장 어려운 시기를 보냈다. 그는 무력했다. 그는 도청의 모든 부서를 찾아가 온갖 수단을 동원했지만, 당장 그 방면의 해결책은 꽉 막힌 상태였다. 그는 이 카페에서 저 카페로 옮기며 거리를 헤맸다. 아침에는 미지근한 맥주 한 잔을 앞에 두고 어느 테라스 좌석에 앉아 전염병이 멈춘다는 징조를 찾기 위해 신문을 읽었고, 행인들의 얼굴을 보다가 그 얼굴에 서린 서글픈 표정을 보고 신물이 나서 고개를 돌렸다. 맞은편 가게의 간판들이며, 더 이상 팔지 않는 이름난 아페리티프 광고를 수없이 읽고는 자리에서 일어나 누렇게 먼지가 내려앉은 거리를 발길 닿는 대로 걸었다. 혼자서 어슬렁거리다가 카페에 들어갔고, 카페에서 식당으로 옮기다 보면 저녁이 되었다. 그러던 어느 날 저녁, 리외는 어떤 카페의 입구에서 들어갈까 망설이는 기자를 발견했다. 마침내 결심한 그는 실내 제일 구석으로 가 앉았다. 그때는 상부의 명령에 따라 카페에서도 불 켜는 시간을 가능한 한 늦추고 있었다. 땅거미가 지며 회색빛 황혼이 실내에 가득 넘실거리고, 붉은 석양이 유리창에 어렸다. 대리석 상판은 짙어지기 시작한 어둠 속에서 희미하게 빛나고 있었다. 아무도 없는 홀 한가운데에 앉아 있는 랑베르는 길 잃은 그림자 같았다. 리외는 바로 그때가 랑베르가 자포자기한 순간이라고 생각했다. 또한 이 도시에 갇힌 포로들이 저마다 체념한 순간이기도 했다. 해방의 시기를 앞당기기 위해서 뭔가 해야 했다. 리외는 몸을 돌렸다.

랑베르는 기차역에서 오랜 시간을 보내기도 했다. 플랫폼 접근은 금지되어 있었지만, 그늘지고 시원한 대합실은 외부와 연결된 채 개방되어 있어서 더운 날이면 거지들이 그곳에 자리 잡곤 했다. 랑베르는 그곳에 가서 옛날 열차 시간표라든가 침을 뱉지 말라는 표지판, 승객이 준수해야 할 규칙들을 읽곤 했다. 그런 다음 구석에 가 앉았다. 실내는 어두컴컴했다. 싸늘하게 식은 낡은 무쇠 난로 하나가 구석 살수기를 본뜬 팔각 울타리 안에 몇 달째 놓여 있었다. 벽에 붙어 있는 포스터는 구들장이나 칸에서 누릴 수 있는 즐겁고 자유로운 생활을 광고하고 있었다. 랑베르는 극도로 초라한 결핍 가운데서 일종의 끔찍한 자유를 느꼈다. 당시에 그가 가장 견디기 힘들었던 이미지는, 적어도 리외에게 말한 바에 의하면 파리의 풍경이었다. 오래된 석조 건물들과 강변, 팔레 루아얄의 비둘기들, 북역, 팡테옹 주변의 인적 없는 거리, 자신이 그렇게 사랑하는 줄 몰랐던 다른 장소들이 머릿속을 떠나지 않았다. 리외가 생각하기에 랑베르는 그런 기억을 사랑과 동일시하고 있었다. 랑베르가 새벽 4시에 일어나 파리를 생각하는 것을 좋아한다고 했을 때, 의사는 자신의 경험에 비추어 그가 파리에 남겨 둔 아내를 생각하는 것이라고 어렵지 않게 유추할 수 있었다. 바로 그때가 그녀를 소유할 수 있는 시간이었다. 보통 새벽 4시면 사람들은 아무것도 하지 않으며 비록 그날이 서글픈 밤이라 하더라도 모두 잠을 잔다. 그렇다. 그 시간에는 모두 잠을 잔다. 잠을 자면 안심이 된다. 사랑하는 존재를 끝없이 소유하거나, 곁에 없다면 다시 만나는 날까지 꿈도 없는 깊은 잠 속으로 그 존재를 깊다랗게 빠뜨리는 것이 불안한 영혼의 커다란 욕망이기 때문이다.

설교가 있고 얼마 후 더위가 시작되었다. 6월의 끝자락이 다가오고 있었다. 때늦은 비로 모두에게 깊은 인상을 주었던 다음 날, 하늘과 집 위에서 여름이 폭발하듯 그 모습을 드러 냈다. 온종일 뜨거운 바람이 강하게 불더니 벽들이 말랐다. 태양은 하늘에 들러붙은 듯했다. 쉬지 않고 내리쬐는 햇볕과 열기로 도시는 질식할 것 같았다. 거리의 연립 상가나 아파트 를 제외하면 도시 그 어디에서도 눈부신 태양을 피할 수 없었 다. 태양은 거리 구석구석까지 사람들을 쫓아왔고, 걸음을 멈 추면 그들을 사정없이 후려쳤다. 희생자 수가 일주일에 700 명에 달하는 시점에 더위가 맞물려 사람들은 일종의 절망감 에 빠졌다. 교외 지역의 대로변이나 테라스가 있는 번듯한 집 들 사이의 활기도 줄었다. 주민들이 문 앞에서 살다시피 하는 그런 동네도 대문은 물론이고 덧문마저 걸어 잠가 페스트를 막으려는 건지 햇빛을 막으려는 건지 알 수 없었다. 그런데도 어떤 집에서는 신음이 새어 나왔다. 전에는 그런 일이 생기면 호기심에 사람들이 거리로 나와 귀를 기울였지만, 상황이 계속되다 보니 이제 사람들은 신음이 바로 곁에서 나도 그것이 마치 인간의 자연스러운 언어라도 된다는 듯 무심히 지나치거나 별일 아니라는 듯 지냈다.

시의 출입문에서 싸움이 벌어지면 헌병들은 무기를 사용할 수밖에 없었고, 그로 말미암은 반란 분위기가 감돌았다. 부상자가 있었던 것은 사실이지만 시내에는 사망자가 발생했다는 소문이 나돌았다. 더위와 공포로 말미암아 모든 것이 과장되고 있었다. 불만은 계속해서 퍼졌고, 당국은 최악의 사태를 우려해 재앙 때문에 억눌린 사람들이 폭동을 일으킬 경우를 대비해 대응 조치를 신중하게 검토하고 있었다. 신문마다 포고문을 게재해 외출 금지를 재차 경고했고, 위반시 징역형에 처한다고 위협했다. 순찰대가 시내를 돌아다녔다. 더위로 달아오른 인적 없는 거리에서 포장도로를 지나는 말발굽 소리가 들리면 닫혀 있는 창문들 사이로 기마 순찰대가 지나가는 모습이 보였다. 순찰대가 지나가고 나면 경계의 침묵이 위기에 처한 도시 위로 무겁게 깔렸다. 최근에는 벼룩을 옮길 가능성이 있는 개와 고양이를 사살하라는 명령이 떨어져 임무를 부여받은 특수 팀에서 발포하는 소리가 이따금 들렸다. 메마른 총소리로 말미암아 도시에는 더욱 긴장된 분위기가 감돌았다.

겁에 질린 오랑 사람들은 더위와 정적 속에서 그 어떤 작은 소리에도 많은 의미를 부여했다. 계절의 변동을 알리는 하늘빛과 흙냄새를 처음으로 예민하게 느끼기 시작했다. 날이 더워지면 전염병이 더 기승을 부린다는 것을 알고 모두 두려워했지만 동시에 여름이 되었음을 알 수 있었다. 저녁 하늘을 나는 칼새의 울음소리가 지붕 위로 처량하게 들렸다. 그 소리는 지평선을 저 멀리 물러서게 하는 6월의 석양과는 어울리지 않았다. 시장의 꽃들은 이제 봉오리가 아닌 활짝 핀 상태로 도착했다. 아침 장사가 끝나면 먼지가 쌓인 인도 위로 꽃잎들이 수북이 흩뿌려져 있었다. 그러한 풍경은 수천 송이의 꽃으로 피어난 봄이 페스트와 더위에 짓눌려 기력을 다했다는 것을 보여 주었다. 여름 하늘과 먼지와 권태로 빛바랜 오랑의 거리에 매일같이 무겁게 쌓여 가는 100여 구의 시체는 사람들에게 위협적인 의미로 다가왔다. 오랑 사람들은 지금까지 작열하는 태양 아래서 바다와 육체가 향연하는 한여름의 피서를 즐겼지만, 이제는 불가능했다. 행복한 계절이 선사하던 그러한 순간은 폐쇄된 침묵의 도시에서 구릿빛 광채를 잃고 공허한 울림으로 남았다. 페스트라는 태양이 모든 색채를 앗아 가고, 기쁨을 증발시켰다.

이것은 전염병이 가져온 급변 중 하나였다. 보통 사람들은 즐거운 마음으로 여름을 보냈다. 도시는 바다를 향해 활짝 열렸고, 젊은 사람들은 해변으로 쏟아져 나왔다. 그러나 그해 여름은 바다 수영이 금지되어 육체적 기쁨을 누릴 수 없었다. 그런 상황에서 무엇을 할 수 있을까? 당시 삶을 가장 충실하게 묘사한 사람은 타루다. 그는 페스트 진행 과정을 지켜보며 전염병의 분수령은 라디오에서 사망자 수를 수백 명 이상이라고 보도하지 않고 하루 92명, 107명, 120명 등 정확한 수치로 보도하기 시작하면서부터라고 언급하고 있었다. '신문과 당국은 페스트를 두고 교묘한 술책을 부리고 있다. 910명보다는 120명이 훨씬 적기 때문에 그들은 페스트의 위력이 점차 꺾이고 있다고 생각한다.' 그는 전염병이 보여 준 비장하거나 연극적인 측면도 기록했다. 예를 들면, 덧문이 모두 닫힌 인적 없는 거리에서 어떤 여자가 갑자기 타루의 머리 위 창문을 열고 두 번이나 고함을 지르고는, 짙은 어둠에 잠긴 방의 덧문을 다시 닫았다는 것이다. 약국에서 판매하는 박하 사탕은 아예 동이 났는데, 메모에는 그것이 전염병 예방에 효과가 있다고 믿었기 때문이라고 기술하고 있었다.

그는 주변 인물들의 관찰도 지속하고 있었다. 타루의 기록을 통해 고양이와 장난치던 노인이 비극적인 상황에 놓여 있음을 알 수 있었다. 어느 날 아침, 몇 번의 총소리가 났다. 타루의 묘사를 빌리자면 납덩이 같은 총알들이 가래침처럼 날아가 고양이에게 박혔다. 살아남은 고양이들은 겁을 집어먹고 도망쳤다. 키 작은 노인은 평소와 다름없이 그날 난간에 나타났다. 노인은 놀라움을 감추지 못하고 난간에 몸을 기울여 길 끝까지 살펴보고는 체념한 채 한참을 지켜만 보고 있더라는 것이다. 난간의 철책을 손으로 몇 번 두드려 보기도 하고, 종이를 찢어 조각조각 길에 뿌린 뒤 집으로 들어갔다 다시 나왔다. 그러다가 화를 내더니 갑자기 안으로 들어가 창문을 세게 닫았다. 그런 광경은 며칠 동안 계속되었다. 노인의 표정에는 슬픔과 혼란이 점점 가득 찼다. 일주일 후, 타루는 그 노인이 나타나기를 기다렸지만 허사였다. 굳게 닫힌 창문만이 노인의 슬픔을 말해 주고 있었다. '페스트 기간에는 고양이에게 침 뱉지 말 것.' 이것이 수첩에 적힌 결론이었다.

한편 저녁에 호텔로 돌아오면 타루는 어두운 표정으로 로비를 서성이는 야간 지배인과 어김없이 마주쳤다. 지배인은 만나는 사람마다 붙잡고 자신은 이번 일을 예견했었다고 떠들어 댔다. 불행을 예견한 것은 맞지만, 그때는 지진이라고 하지 않았느냐고 타루가 묻자, 그 늙은 수위는 이렇게 대답했다. "차라리 지진이라면 좋겠어요. 크게 한 번 무너지고 마니까요. 사망자와 생존자를 집계하고 나면 그것으로 끝나잖아요. 그런데 이 망할 전염병은! 그 병에 걸리지 않은 사람까지 마음을 앓게 하잖아요."

호텔 지배인도 고통스럽기는 마찬가지였다. 초반에는 도시가 폐쇄되자 관광객들이 호텔에 발이 묶여 있었다. 그러나 기간이 길어지자 호텔보다 친구의 집에 머무는 편을 선택했다. 관광객들로 가득 찼던 호텔은 인구 유입이 차단되자 공실이 많아졌다. 타루는 계속 머무는 투숙객 중 하나였다. 지배인은 틈만 나면 자기가 마지막 투숙객에게까지 최선을 다하는 사람이 아니었다면 호텔은 오래전 문을 닫았을 것이라고 말했다. 그는 타루에게 이따금 전염병이 언제까지 퍼질지 예측해 보라고 했다. "이런 병은 추위에 약해요."라고 대답하면 지배인은 펄쩍 뛰었다. "이곳은 지독한 추위가 없는 곳이에요. 어쨌든 겨울이 되려면 몇 달은 남았고요."

그는 앞으로 한동안 사람들이 오랑으로 관광 오지 않을 것이라고 확신했다. 페스트로 관광 산업은 파탄에 이른 것이다.

호텔 식당에는 올빼미 신사가 한동안 보이지 않더니 두 마리 강아지만 데리고 오랜만에 모습을 드러냈다. 수소문 끝에 그의 아내는 친정어머니를 간호하다 어머니는 결국 돌아가셨고, 아내는 격리되었다는 사실을 알게 되었다.

"마음에 들지 않아요." 지배인은 타루에게 말했다. "격리 수용이든 아니든 오통 씨 부인은 감염 의혹이 있고 따라서 저 사람들도 그럴 가능성이 있잖아요."

타루는 그렇다면 모두가 의심스러운 것 아니냐고 물었다. 하지만 지배인은 단호했으며 매우 확고한 의견을 가지고 있었다.

"그렇지 않아요. 선생님과 저는 의심스러울 게 없지만, 저들은 아니지요."

오통 씨는 그런 일로 변할 사람이 아니었다. 페스트도 그에게는 헛수고였다. 그는 전과 똑같은 태도로 식당에 들어왔고, 아이들보다 먼저 자리에 앉았으며, 아이들에게는 여전히 기품 있지만 냉담하게 말했다. 어린 아들의 모습만 조금 더 주눅 들어 보였다. 누나와 마찬가지로 검은 옷을 입은 아들은 마치 아버지의 작은 그림자 같았다. 오통을 별로 좋아하지 않는 야간 지배인이 말했다.

"세상에, 저 사람은 죽을 때도 정장을 입고 있을 거예요. 옷을 갈아입을 필요도 없어요. 곧장 가면 되죠."

파늘루 신부의 설교에 관한 기록도 있는데, 거기에는 다음과 같은 언급도 있었다.

'나는 이와 같은 열정을 이해할 수 있고, 심지어 이에 호의적이다. 재앙의 초기와 말기에 사람들은 약간의 수사를 동원하기 마련이다. 전자는 아직 습관을 버리지 못해서, 후자는 습관을 회복해서 그렇다. 사람들은 불행의 순간 비로소 진실

에, 다시 말해 침묵에 익숙해진다. 더 기다려 보자.'

마지막으로 타루는 의사 리외와 오랫동안 대화를 나누었으며 결과가 좋았다고만 적어 놓았다. 그러고는 화제를 돌려 리외 어머니의 맑은 밤색 눈에 관해 '그렇게 선의가 넘치는 눈은 늘 페스트보다 강하다.'라고 단언하듯 서술했다. 리외가 치료하는 늙은 천식 환자에 대해서는 제법 긴 분량을 할애했다.

타루는 의사와 면담을 마친 뒤 그 노인을 보러 갔다. 노인은 이죽거리며 손을 비볐다. 그는 베개에 등을 기대고 완두콩이 담긴 냄비 위로 몸을 숙인 채 침대에 앉아 있었다. "아, 또 한 분이 오셨군." 노인이 타루를 보고는 말했다. "환자보다 의사가 더 많다니, 세상이 뒤집힌 거지. 하기야 병이 빨리 퍼지니까 그런 거지. 신부 말이 맞아. 그래도 싸다니까."

다음 날 타루는 약속도 없이 다시 그를 찾아갔다. 그의 수첩에 적힌 내용에 따르면 천식을 앓는 노인의 직업은 잡화상이었는데 50세가 되자 자신은 할 만큼 했다고 생각했고, 이후로는 침대에 드러누워 한 번도 그곳을 떠나지 않았다. 그러나 천식은 움직여도 괜찮은 병이었다. 그는 소액의 연금 덕에 75세가 될 때까지 큰 걱정 없이 지내 왔다. 노인은 시계 보는 것을 끔찍하게 싫어해서 집에 시계가 없었다. "시계는 비싸기만 하고 어리석은 물건이오."라고 그는 말했다. 그는 시간을,

특히 유일하게 중요히 여기는 식사 시간을 냄비 두 개로 짐작했다. 둘 중 하나는 아침에 일어나면 콩으로 가득 담겨 있고, 규칙적으로 완두콩을 다른 냄비로 하나씩 옮기다 보면 생활에 필요한 시간을 대략 알 수 있었다. "냄비를 15번 채울 때마다 한 끼를 먹으면 되네. 아주 간단하지."

그는 젊은 시절부터 그런 자질을 보였다고 아내가 말했다. 일, 친구, 카페, 음악, 여자, 산책. 그 무엇에도 흥미를 보이지 않았다. 그는 알제리에 갈 수밖에 없었던 하루만 빼고 오랑 밖으로 벗어난 적이 없었다. 그 당시도 멀리 가지 못하고 오랑에서 제일 가까운 역에 내려 첫차를 타고 집으로 돌아왔다.

그런 기이한 습관을 듣고 타루가 놀라자, 그는 다음과 같이 설명했다. '종교는 한 인간의 인생을 전반기와 후반기로 나누고 전자에는 상승을, 후자에는 하강한다고 가르친다. 언제 죽을지 모르는 하강기의 삶은 이미 자기 것이 아니므로 아무것도 할 수 없다. 그러므로 아무것도 하지 않는 것이 상책이다.' 그는 모순도 두렵지 않다며 설명을 마친 뒤, 신이 존재한다면 신부는 필요 없으므로 신은 존재하지 않는다고 단언했다. 타루는 노인에게 몇 가지 이야기를 더 듣고, 노인에게 이 같은 철학이 형성된 데에는 그가 속한 교구에서 자주 헌금을 모금한 것과 밀접한 연관이 있다는 사실을 알게 되었다. 타루는 노인이 몇 번이나 강조한 뿌리 깊은 소원을 통해 그가 어떤 사람인지 알게 되었다. 그는 오래 살고 싶어 했다.

타루는 '그는 성인일까?'라고 자문한 뒤 '성스러움이 습관
의 총체라면 그렇다.'라고 결론을 내렸다.

그와 동시에 타루는 페스트로 점령된 도시의 일상을 제법
상세하게 묘사하기 시작했다. 타루의 기록을 통해 그해 여름
오랑 사람들의 행동과 생활을 생생하게 알 수 있었다. 그는
'술꾼들 이외에 아무도 웃지 않고, 술꾼들은 너무나 헤프게
웃는다.'라고 적은 뒤 이렇게 묘사했다.

인기척도 없는 이른 시각, 도시에 가벼운 바람이 분다. 밤
의 죽음과 낮의 고통 사이에 있는 새벽, 페스트는 잠시 역할을
멈추고 숨을 고른다. 모든 상점의 문은 닫혀 있다. 몇몇 상점
의 '페스트로 말미암은 폐점' 팻말은 날이 밝아도 문이 열리지
않음을 알리고 있다. 잠이 덜 깬 신문팔이들은 뉴스를 외쳐 대
는 대신 길모퉁이에 기댄 채 몽유병 환자처럼 가로등 불빛 아
래 자기네 신문을 펼치고 있다. 잠시 후 첫 전차 소리에 완전
히 깨어나면 도시 전역으로 흩어져 '가을에도 페스트가 유행
할 것인가. B 교수 부정적으로 대답.', '페스트 발생 94일째 사
망자 124명'처럼 페스트가 1면을 장식한 신문들을 도시 곳곳
에 뿌리고 다닐 것이다.

제지 부족 현상이 심각해져 몇몇 간행물들은 지면을 줄이

기 시작했지만, 이 와중에 〈역병통신〉이라는 신문이 창간되었다. 〈역병통신〉은 '병의 진행 상황을 객관적으로 보도하고, 전망에 대해서 가장 권위 있는 의견을 제공하며, 신분의 차별 없이 재앙에 대항하는 모든 사람을 기사로 격려하고 사기를 북돋우며 당국의 지시 사항을 전달하는, 한마디로 우리를 강타한 불행에 효과적으로 대응하기 위해 선의를 가진 모든 사람을 결집하는 것'을 사명으로 내걸었다. 그러나 얼마 못가 페스트 예방 효과가 확실하다는 신약들을 광고하는 데 그쳤다.

신문은 영업 시작 한 시간 전인 6시경부터 줄을 서기 시작한 사람들에게 먼저 팔리기 시작해 이어 교외에서부터 만원으로 들어오는 전차들 속에서 팔린다. 전차는 유일한 교통수단이 되었다. 승강구 계단과 바깥 난간까지 사람들을 태운 전차는 힘겹게 겨우 달린다. 그런 와중에도 승객들은 전염을 피하려고 하나같이 서로 등을 돌리고 있다. 전차가 설 때마다 승객들이 쏟아져 나왔다. 그들은 서로 떨어지기 위해 서둘러 흩어졌다. 짜증이 난다는 이유로 자주 싸움이 벌어졌다. 그런 기분 상태는 계속 이어졌다.

첫 전차가 지나가면 도시는 서서히 잠에서 깨어났다. 먼저 카페들이 문을 열고, 계산대 위로는 '커피 매진', '설탕 지참' 등의 게시문이 붙어 있다. 이어 상점들이 문을 열면 거리가 활기를 띠기 시작한다. 동시에 태양이 중천에 뜨고 더위가 서서히 7월의 하늘을 납빛으로 물들인다. 할 일 없는 사람들이 대로에 나가 보는 시간이 바로 이때다. 사람들은 사치를 과시하며 페스트를 쫓으려고 애쓰는 것 같다. 매일 오전 11시경에는 젊은 남녀들의 행렬이 중심가에 펼쳐지는데, 이때 사람들은 엄청난 불행의 한가운데서도 삶에 대한 열정으로 충만하다. 만일 전염병이 확산한다면 도덕률도 느슨해질 것이다. 우리는 밀라노의 무덤 근처에서 벌어진 사투르누스 축제를 이곳에서도 보게 될지 모른다.

정오가 되면 식당들은 눈 깜짝할 사이 사람들로 가득 찬다. 자리를 찾지 못한 일행들은 재빨리 줄을 선다. 하늘은 극도의 열기로 고유의 빛을 잃기 시작한다. 대기자들은 뜨겁게 달궈지는 길가에 차양이 드리워진 그늘에서 차례를 기다린다. 식당들이 손님으로 들끓는 까닭은 그곳에서는 끼니가 간단히 해결되기 때문이다. 그러나 식당에서도 전염에 대한 불안은 여전하다. 손님들은 몇 분 동안 자기 식기를 꼼꼼하게 닦는다. 얼마 전까지 몇몇 식당들은 '우리 식당에서는 식기를 끓는 물에 소독하고 있습니다.'라고 광고했지만 그렇게 하지 않아도 손님들로 붐볐기 때문에 곧 광고를 중단했다. 게다가 최고급 포도주나 고급 술, 비싸 보이는 안주를 먹으며 돈을 흥청망청 쓴다. 심지어 어떤 식당에는 손님 한 명이 속이 거북한 나머지 얼굴이 창백해진 채 몸을 일으키고는 비틀거리며 서둘러 출구로 나가는 바람에 아수라장으로 변했다고 한다.

오후 2시가 되면 도시는 차츰 헌산해진다. 침묵, 먼지, 태양 그리고 페스트가 길에서 서로 만나는 시간이다. 커다란 회색 집들을 따라 더위가 끝없이 흐른다. 인구도 많고 시끌벅적한 도시 위로 석양이 무너지기 시작할 때, 감금의 시간은 비로소 끝난다. 더위가 막 시작된 며칠 동안은 이따금 이유는 알 수 없으나 저녁에도 인적이 드물었다. 그러나 지금은 어디선가 부는 선선한 바람에도 희망까지는 아닌, 일종의 안도감이 깃든다. 그러면 너 나 할 것 없이 거리로 나와 수다를 떨며 기분 전환을 하거나, 싸우거나, 서로를 갈망한다. 7월의 저녁노을 아래 연인들과 아우성으로 가득한 도시는 그렇게 숨 가쁜 밤을 향해 흘러간다. 매일 저녁 영감을 받았다는 한 노인이 중절모에 나비넥타이를 매고 큰길에 나와 군중 속을 헤치며 "신은 위대하도다. 그에게 가라."라고 계속 소리를 지른다. 그러나 아무 소용이 없어 보인다. 모두가 스스로 잘 알지 못하거나 혹은 자신들에게 더 급해 보이는 무언가를 향해 그 노인과는 반대 방향으로 걸음을 재촉할 뿐이다. 오랑 사람들이 이 전염병을 다른 병들과 다를 바 없다고 생각하던 초기에는 종교가 제 역할을 할 수 있었지만, 심상치 않다는 사실을 안 이상 그들은 쾌락을 떠올렸다. 낮 동안 사람들의 얼굴에 서린 모든 불안은

뜨겁고 먼지투성이인 황혼 녘만 되면 격렬한 흥분으로 변해 서
투른 자유로 표출되었다.

　나도 그들과 마찬가지다. 그러나 그게 뭐 어떻단 말인가!
나 같은 인간에게 죽음은 아무것도 아니다. 죽음은 내가 옳다
는 것을 입증하는 하나의 사건에 불과하다.

타루가 리외에게 면담을 요청했다. 그 내용 역시 타루의 수첩에 기록되어 있었다. 그날 저녁, 의사는 식당 구석에 놓인 의자에 얌전히 앉아 있는 어머니를 보며 타루를 기다리고 있었다. 그녀는 집안일이 끝나면 하루를 그곳에서 보내곤 했다. 리외는 어머니가 두 손을 무릎에 포갠 채 기다린 사람이 자기인지 확실히 알지는 못했다. 그러나 그가 나타나면 어머니의 얼굴에 어떤 변화가 생기곤 했다. 고달픔이 얼굴에 말없이 새긴 주름에 생기가 도는 것 같았다. 잠시 후 어머니는 다시 침묵에 잠겼다. 그날 저녁, 어머니는 창문 너머로 인적이 끊긴 거리를 내다보았다. 가로등이 3분의 2가량 줄어들었다. 이따금 매우 희미한 불빛이 도시의 어둠 속에서 살짝 빛났다.

"페스트가 기승을 부리는 동안은 전기를 제한하는 모양이지?"

리외 부인이 물었다.

"그럴 것 같아요."

"겨울까지 계속되지 않으면 좋으련만. 그렇게 되면 너무 쓸쓸할 거야."

"그러게요."

리외가 대답했다.

어머니의 시선이 자신의 이마에 닿는 것이 느껴졌다. 그는 지난 며칠 동안 계속된 불안과 과로로 수척해졌다는 것을 알고 있었다.

"오늘은 일이 잘 안 됐니?"

리외 부인이 물었다.

"늘 그렇죠."

평소와 같다니! 파리에서 보내온 새 혈청은 기존 것보다 효과가 없는 듯했고, 여러 통계 수치는 상승하고 있었다. 이미 감염된 환자들의 가족 이외에 다른 사람들에게 예방 혈청을 접종할 가능성은 여전히 없었다. 예방 혈청을 사용하려면 대량 생산을 해야만 했다. 딱딱하게 굳는 계절이라도 된 것인지 환자들의 림프샘 멍울이 딱딱하게 굳어 칼을 대도 잘 터지지 않았다. 그들은 고문을 받는 것처럼 아파했다. 전날 밤 도시에서는 전염병의 변이로 보이는 두 건의 사례가 발견되기도 했다. 페스트가 이제 폐렴 형태가 된 것이다. 바로 그날, 기진맥진한 상태에서 회의를 열었다. 의사들은 갈팡질팡하는 도지사에게 폐렴형 페스트는 호흡기나 점막을 통해 직접 전염되므로 새로운 조치를 요구했고, 이에 대한 승낙을 얻은 상태였다. 항상 그렇듯 여전히 아무것도 알 수는 없었다.

그는 어머니를 보았다. 어머니의 아름다운 밤색 눈동자를 보니 다정함으로 가득한 옛 시절이 떠올랐다.

"무서우세요?"

"내 나이가 되면 무서운 것이 별로 없단다."

"하루는 길고, 저는 집에 거의 없는데요."

"네가 반드시 돌아온다는 것을 알고 있으니 기다리는 것쯤은 괜찮아. 네가 집에 없을 때, 나는 네가 무엇을 하고 있는지 상상한단다. 네 처한테서 다른 소식이라도 있니?"

"네, 지난 전보에서 잘 지내고 있다고 했어요. 저를 안심시키려고 한 말이겠지만."

그때 초인종이 울렸다. 의사는 어머니에게 미소를 짓고 문을 열러 갔다. 어두운 층계참에서 회색 옷을 입고 서 있는 타루는 마치 커다란 곰처럼 보였다. 리외는 타루를 사무용 책상 앞에 앉히고 자신은 안락의자 뒤에 그냥 섰다. 책상 위 전등 하나가 그들 사이에서 방 안을 비추고 있었다.

"선생님하고는 단도직입적으로 이야기할 수 있을 것 같아요."

타루가 말했다. 리외는 말없이 고개를 주억거렸다.

"보름이나 한 달 뒤면 선생님도 이곳에서 아무 도움이 못
될 거예요. 사태가 선생님의 능력을 넘어서는 순간이 오는 것
이죠."

"그렇습니다."

리외가 말했다.

"보건 위생과 조직은 체계가 엉망이죠. 선생님은 시간과
인력이 턱없이 부족하고요."

리외는 그 또한 사실이라고 인정했다.

"도청에서 시민 봉사대 따위를 조직해서 건장한 남자들을
구조에 강제 투입할 계획이라고 들었습니다."

"네, 그런데 불만이 대단해서 도지사가 망설이고 있지요."

"어쩌서 자원봉사자들을 모집하지 않는 건가요?"

"신통치 않아서요."

"이렇다 할 신념도 없이 공고를 냈죠. 그들에게는 상상력
이 부족해요. 그렇게는 절대 재앙에 맞설 수 없어요. 생각해
낸 대책이라곤 기껏 코감기나 치료할 수준이죠. 만일 그들이
하는 대로 보고만 있으면 그들이나 우리나 모두 죽고 말 거예
요."

"그럴지도 모르죠." 리외가 말했다. "그러나 그들은 중노

동이라고 할 만한 일에 죄수들을 동원하는 방안을 고려하기도 했어요."

"일반인이라면 더 좋을 것 같은데요."

"저도 같은 생각이에요. 그런데 당신은 왜죠?"

"사형이라면 끔찍하니까요."

리외가 타루를 쳐다보며 물었다.

"그래서요?"

"자원 보건대를 조직해 보는 건 어떨까 해서요. 제가 그 일을 맡고, 행정 당국은 그 일에서 빠지게 하는 거죠. 당국은 할 일이 태산 같을 테니까. 여기저기 친구들이 좀 있는데 그들이 핵심 구성원이 될 수 있을 거예요. 물론 저를 포함해서요."

"잘 알았어요. 제가 기꺼이 허락하리라는 건 짐작하셨을 테니. 의사로 살다 보면 여러 사람의 협조가 필요하거든요. 도청의 허락은 제가 책임지겠습니다. 사실 도청으로서도 선택의 여지가 없지만요. 그런데……"

리외는 잠시 생각에 잠겼다.

"그 일 때문에 생명을 잃을 수도 있어요. 물론 잘 아시겠지만, 일단 알려드려야 할 것 같아서요. 숙고하신 건가요?"

타루의 회색 눈동자가 리외를 보고 있었다.

"선생님은 파늘루 신부의 설교를 어떻게 생각하세요?"

타루가 자연스럽게 질문하자, 그도 자연스럽게 대답했다.

"집단 형벌이라는 개념은 제가 병원 밥을 너무 오래 먹어서 그런지 별로 받아들여지진 않아요. 잘 알다시피 기독교인들은 그렇게 생각하지 않으면서도 가끔 그런 식으로 말하죠. 하지만 생각보다 좋은 사람들입니다."

"아무리 그래도 선생님도 파늘루 신부처럼 페스트에도 나름의 이점이 있어서 사람들을 각성하게 하고, 성찰하게 만든다고 생각하세요?"

리외는 답답한 듯 머리를 흔들었다.

"질병 대개가 그렇죠. 고통 속에 진리가 있다면, 페스트 역시 마찬가지겠죠. 그런 사고방식은 어떤 사람을 성장시키기도 하고요. 그러나 페스트 때문에 겪는 비참과 고통을 보고도 페스트를 용인한다면 그 사람은 눈이 멀거나 비겁하거나 완전히 미친 거죠."

리외의 목소리가 조금 커지자, 타루는 웃으면서 그를 진정시키듯 손사래를 쳤다.

"좋아요. 아직 대답을 안 하셨는데, 잘 생각해 보고 결정하신 건가요?"

타루는 안락의자에서 자세를 편안하게 고치며 머리를 불빛 쪽으로 내밀었다.

"신을 믿으세요?"

타루는 이번에도 자연스럽게 질문했다. 그러나 리외는 이번에는 주저했다.

"아니요. 하지만 믿지 않는 것이 어떤 의미가 있을까요. 저는 캄캄한 어둠 속에 있지만, 이곳에서 분명히 보기 위해 애쓰고 있습니다. 이것은 오래됐지만, 유난하다고 생각하지도 않고요."

"그 점이 파늘루 신부와 다른 점 아닐까요?"

"그렇지는 않을 것 같아요. 파늘루 신부는 학자입니다. 그는 실제로 죽어 가는 사람을 충분히 본 적이 없죠. 그래서 진리를 확신하는 겁니다. 아무리 외딴 시골 신부라 하더라도 자신의 교구에서 종부 성사(세례를 받고 의사 능력이 있는 신자가 병이나 노쇠로 죽을 위험에 놓였을 때 받는 성사)를 하고 임종하는 사람의 마지막 숨소리를 들어 봤다면 저처럼 생각할 거예요. 그런 신부라면, 재앙의 이점을 드러내기에 앞서 치료부터 권할 거예요."

리외가 일어섰다. 그의 얼굴이 어둠 속에 잠겼다.

"대답하고 싶지 않은 것 같으니 이제 그만하죠." 리외가 말했다.

타루는 의자에 앉은 채 미소를 지으며 물었다.

"대답 대신 질문을 하나 더 해도 될까요?"

이번에는 의사가 웃었다.

"수수께끼를 좋아하시는군요. 하시죠."

"선생님은 신을 믿지도 않으면서 어째서 이렇게 헌신적이죠? 이 대답을 들으면 저도 대답할 수 있을 것도 같아서요."

리외는 어둠 속에 몸을 맡긴 채 대답은 이미 나왔다고 했다. 자신이 만약 유일신을 믿는다면, 사람들을 치료하는 행위를 멈추고 그 수고를 신에게 맡겼을 것이라고 설명했다. 그러나 세상 누구도 심지어 신을 믿는다고 확신하는 파늘루 신부조차 그런 식으로 자신을 완전히 신에게 내맡기지는 않는다. 바로 그런 점에 있어 리외 자신은 신이 만든 세상과 투쟁하며 진리의 길을 걷고 있다고 생각한다고 전했다.

"아, 그게 선생님의 직업관이군요."

타루가 물었다.

"뭐, 대충은요."

의사는 다시 밝은 곳으로 얼굴을 내밀며 대답했다.

타루는 부드럽게 휘파람을 불었다. 의사는 그런 그를 바라보았다.

"그래요. 그러려면 대단한 자부심이 필요하다고 생각하시겠죠? 그러나 꼭 필요한 만큼밖엔 없어요. 앞으로 저에게 무슨 일이 벌어질지, 이 모든 일이 끝난 뒤 무엇이 저를 기다리고 있을지 아무것도 모릅니다. 현재 제가 할 수 있는 건 환자가 있으니 환자를 치료하는 것뿐입니다. 후에 그들은 반성할 테고, 저도 그렇겠죠. 하지만 가장 급한 건 역시 그들을 보호

해야 한다는 것, 그뿐이죠."

"무엇으로부터요?"

리외는 창문 쪽으로 몸을 돌렸다. 더 짙게 응축된 수평선을 보며 저 멀리 바다가 있다고 짐작했다. 피로하면서도 친밀감이 느껴지는 이 기이한 사람에게 마음을 더 털어놓고 싶어졌다. 그러나 리외는 그 욕구를 억눌렀다.

"모르겠습니다. 타루 씨, 저는 아는 바가 전혀 없습니다. 제가 이 직업에 발을 들인 것은 추상적인 겁니다. 직업이 필요했고, 다른 직업도 그렇지만 이 직업 역시 젊은 사람이 한번 해 볼 만한 괜찮은 직업이었으니까요. 어쩌면 저처럼 노동자 집안에서 태어난 사람에게는 특별히 어려운 직업이어서 그랬는지 모르겠습니다. 의사가 되고 나니 죽는 모습을 자주 봐야 했습니다. 죽기를 거부하는 사람도 있어요. 어떤 여자가 죽는 순간 '안 돼!'라고 외치는 걸 들어 본 적 있나요? 저는 있습니다. 그때 저는 죽음에 익숙해질 수 없다는 것을 알았어요. 저는 젊었고, 그래서 세상의 질서 자체를 혐오한다고 생각했습니다. 그 후에는 한층 겸손해졌어요. 저는 죽어 가는 사람을 보는 것이 여전히 익숙하지 않을 뿐입니다. 그 이상은 모르겠습니다. 하지만 결국……."

리외는 말을 멈추고 다시 자리에 앉았다. 입이 바싹 말랐다.

"결국?" 타루가 나지막이 물었다.

"결국……." 의사는 말을 계속하려다가 주저하더니 타루를 빤히 쳐다보았다.

"당신이라면 이해할 수 있을지도 모르겠는데, 세상의 질서가 죽음을 따르니 침묵하고 있는 하늘을 올려다 볼 것이 아니라, 온 힘을 다해 죽음과 맞서는 것이 신에게 더 좋은 일 아닐까요. 신도 사람들이 자기를 믿지 않은 편이 낫다고 생각할지도 모르지요."

"그렇죠." 타루는 인정하며 고개를 끄덕였다. "이해해요. 그러나 선생님의 승리는 항상 일시적일 테죠. 제가 할 수 있는 말은 여기까지입니다."

리외의 얼굴이 어두워졌다.

"저도 압니다. 그렇다고 투쟁을 멈춰야 하는 건 아니죠."

"물론입니다. 그렇기에 이번 페스트가 선생님에게 어떤 것일지 상상할 수 있습니다."

"패배의 연속이죠."

의사를 보고 있던 타루가 일어나더니 무거운 걸음으로 문쪽을 향해 걸어갔다. 그를 뒤따르던 리외가 어느새 그의 곁에 다다르자, 자기 발등 쪽을 보던 타루가 말했다.

"누가 이런 것을 다 가르쳤죠?"

"가난으로부터요." 리외는 즉각 대답했다.

리외는 진료실 문을 열고 복도로 나오며 자기도 변두리 지역에 사는 환자의 왕진을 가기 위해 내려갈 것이라고 했다. 타루가 같이 가셨냐고 했나. 복도 끝에 다다랐을 때, 그들은 리외의 어머니와 마주쳤다. 의사는 어머니에게 타루를 소개했다.

"친구입니다."

"오! 만나서 반가워요." 그녀가 말했다.

그녀가 멀어지자 타루는 다시 한번 그녀 쪽으로 고개를 돌렸다. 층계참에서 의사는 자동 스위치를 켜 보려고 애썼지만 소용없었다. 계단은 어둠에 잠겨 있었다. 의사는 이런 현상이 새로운 절전 조치 때문인지 알 수 없었다. 얼마 전부터 이미 가정집이나 거리의 기계들은 죄다 고장 나 있었다. 어쩌면 사람들이나 경비들이 더 아무것도 신경 쓰지 않기 때문일지 몰랐다. 그때 뒤에서 들린 타루의 목소리가 생각을 멈추게 했다.

"우스꽝스럽다고 생각하실지 모르겠으나 한마디만 더 할게요. 선생님 생각에 전적으로 동의해요."

리외는 어둠 속에서 혼자 어깨를 으쓱했다.

"그것에 대해 정말 아무것도 모르겠는데, 혹시 뭔가 아는 게 있나요."

"저는 모르는 게 별로 없죠."

타루가 태연하게 말했다.

의사가 갑자기 멈추는 바람에 뒤따라오던 타루가 층계에서 미끄러질 뻔했으나 리외의 어깨를 잡고 바로 섰다.

"인생을 다 안다고 생각하세요?" 리외가 물었다.

그러자 여전히 침착한 목소리가 어둠 속에서 들렸다.

"네."

그들은 길가로 나오며 제법 시간이 늦었다는 것을 알게 되었다. 11시쯤 된 듯했다. 시내는 조용했고, 가볍게 바스락거리는 소리가 도시를 가득 메우고 있었다. 아주 멀리서 구급차의 사이렌 소리가 들렸다. 리외가 시동을 걸었다.

"내일 병원에 들러 예방 주사를 맞으세요." 리외는 말했다. "마지막으로, 그 일을 시작하기에 앞서 당신이 살아남을 가능성이 3분의 1밖에 되지 않음을 다시 한번 상기시켜드려야 할 것 같군요."

"그런 계산은 의미가 없어요. 100년 전 페르시아의 한 도시에 페스트가 번졌을 때, 사람들은 다 죽었지만 시체를 씻기던 사람만은 살아남았죠. 그 일을 단 한 번도 멈추지 않았는데도 말이에요."

"3분의 1의 기회를 가진 거죠." 리외는 덤덤하게 말했다. "사실 그 문제에 대해서는 아직 배워야 할 것 투성이죠."

그들은 변두리 지역으로 들어섰다. 인적 없는 거리를 전조

등이 환히 비추고 있었다. 차를 세웠다. 차 앞에서 리외가 타루에게 들어가겠느냐고 물었다. 그는 그러겠다고 했다. 한 줄기 빛이 그들의 얼굴을 비추었다. 리외가 친구에게 하듯 그는 느닷없이 웃었다.

"그런데 타루, 이런 일에 나서는 이유가 뭐죠?"

"저도 모르겠어요. 신념 때문인지도 모르죠."

"어떤 신념이죠?"

"터득."

타루가 집 쪽으로 몸을 돌렸다. 천식 환자의 집에 들어설 때까지 리외는 그의 얼굴을 볼 수 없었다.

타루는 다음 날 바로 보건대를 조직하는 일에 착수했다. 다른 보건대도 잇따라 여러 개 조직될 예정이었다.

오랑 사람들이 지금 화자의 입장이 된다면 이 보건대의 역할을 과장하고 싶을 것이다. 그러나 그들의 역할을 과대평가할 생각은 없다. 어떤 행동이 아무리 훌륭해도 그것을 지나치게 부각하다 보면 결국 간접적으로 악에게 찬사를 보내는 셈이 된다. 훌륭한 행동들이 그토록 대단해 보인다는 것은 다시 말하면 사악함과 무관심이 인간 행동의 더 많은 동기를 차지한다는 점을 인정하는 것이기 때문이다. 화자는 그런 관점에 동의하지 않는다. 이 세상의 악이란 대부분 무지에서 비롯되며, 식견이나 판단력이 없는 선의는 악의와 마찬가지로 피해를 주기도 한다.

인간은 선한 존재지만 그것은 중요하지 않다. 정도의 차이는 있더라도 인간은 덜 무지하거나, 더 무지할 뿐인데 우리는 그것을 미덕 혹은 악덕이라 부른다. 가장 구제 불능의 악덕은 자기가 모든 것을 다 알고 있다고 믿고 타인을 죽여도 된다고 생각하는 것이다. 살인자의 영혼은 맹목적이다. 혜안이 없다면 참선도, 진정한 사랑도 없다.

그러한 이유로 타루 덕분에 결성된 보건대의 가치를 인정한다 하더라도 객관적으로 평가해야 한다. 따라서 화자는 그들의 용기와 헌신에 대해 미화하지 않고 타당한 정도로만 의미를 부여할 것이다. 그러나 페스트로 고통받고 페스트에 저항하던 오랑 사람들의 심정은 역사가로서 계속 기술할 것이다.

보건대에 헌신한 사람들은 사실 그것 외에는 달리 할 일이 없다는 것을 잘 알았으며, 당시 그런 결단을 내리지 않는 것이야말로 상상하기 힘들었다. 보건대는 오랑 사람들이 페스트에 대처할 수 있도록 도왔으며, 그 병과 싸우기 위해 할 수 있는 일은 무엇이든 했다. 그렇게 페스트가 어떤 사람들의 의무가 되자 본연의 모습을 드러냈다. 다시 말해 우리의 문제가 되었다.

거기까지는 좋았다. 그런데 어떤 선생이 2 더하기 2가 4라는 것을 가르친다고 해서 그를 칭찬하지 않는다. 사람들은 그가 교사라는 훌륭한 직업을 선택한 것에 대해 칭찬한다. 그러니 타루와 다른 사람들이 교사라는 직업을 선택한 것이 아니라, 2 더하기 2가 4라는 사실을 증명하기로 했다는 것을 칭찬하기로 하자. 그들의 선의는 선생이나 선생과 똑같은 마음을 가지고 있는 사람들과 공통된 것이다. 다행히 세상에는 선의를 가진 사람들이 생각보다 훨씬 많다고 화자는 확신한다. 사람들은 그들이 생명의 위험을 무릅쓰고 있다고 반박하는 사람도 있을 것이다. 화자도 그 점을 잘 알고 있다. 그러나 역사에는 2 더하기 2를 감히 4라고 말했다는 이유로 사형에 처한 사람이 언제나 있었다. 선생들은 이러한 사실을 잘 알고 있다. 그 결과 어떤 상벌이 기다리고 있는지 모른다. 문제는 2 더하기 2가 과연 4인지 아는 것이다. 당시 문제는 페스트 안으로 들어가느냐 마느냐, 페스트에 맞서 싸우느냐 마느냐 하는 생사를 결정하는 것이었다.

그 무렵 오랑에는 새로운 도덕군자들이 많이 생겨났다. 그들은 아무것도 소용없고 모두 무릎을 꿇어야 한다고 설파했다. 타루도 리외도 그들의 친구들도 이렇다 저렇다 각각의 의견을 말했지만, 결론은 늘 하나로 귀결되었다. 어떤 방법을 동원해서라도 투쟁해야 하며 무릎을 꿇어서는 안 된다는 것이다. 최대한 많은 사람을 살리는 것, 사람들이 돌이킬 수 없는 이별을 경험하지 않게 하는 것이 그들이 해야 할 일이었다. 그러기 위한 유일한 방법은 페스트에 맞서 싸우는 것. 그렇다고 훌륭한 진실을 발견한 것은 아니다. 단지 논리적인 귀결일 뿐이었다.

늙은 의사 카스텔은 어렵게 구한 재료로 혈청을 제조하는 데 자신의 모든 신념과 정력을 쏟아부었다. 그것 역시 당연한 일이었다. 도시를 휩쓸고 있는 세균이 우리가 알고 있는 페스트와는 약간 달랐기 때문에, 리외와 카스텔은 오랑에 떠도는 세균을 배양해 만든 혈청이 외부에서 가져온 혈청보다 효과가 있기를 기대했다. 카스텔은 어서 빨리 자신의 첫 혈청이 생산되기를 바랐다.

영웅적인 면모가 전혀 없는 그랑은 보건대에서 서기 비슷한 역할을 맡았는데, 그것 역시 당연해 보였다. 타루가 조직한 보건대 일부는 인구 밀집 지역에서 예방 활동에 총력을 기울였다. 그들은 그 지역에 필요한 위생 시설을 도입하기 위해 애썼고, 소독반이 점검하지 않던 다락이나 지하실 수를 조사했다. 보건대의 다른 팀은 의사의 왕진을 도우며 페스트 환자의 이송을 책임졌다. 전문 요원이 없을 때는 환자나 사망자를 태운 차량을 직접 운전했다. 이 모든 일을 등록하고 통계 내는 작업이 필요했는데, 그 일은 그랑이 맡았다.

이런 관점에서 그랑이야말로 타루나 리외 이상으로 보건대를 말없이 살아 움직이게 한 장본인이었다. 원래 성품이 그

렸듯, 그는 선의를 가지고 주저 없이 자기가 맡겠다고 나섰다. 다른 일을 하기에는 너무 늙었지만, 자신이 작은 일에라도 도움이 되면 좋겠다고 했다. 그는 저녁 6시부터 8시까지 시간을 투자할 수 있었다. 리외가 그에게 진심으로 고마워하자, 그는 놀란 듯 말했다. "아주 힘든 일도 아닌걸요. 페스트가 발생했으니 당연히 해야죠. 아, 만사가 이렇게 단순하면 좋으련만!" 그러고는 다시 자신이 쓰고 있는 글에 관해 이야기했다. 저녁 환자 등록 업무가 끝나면 리외와 그랑은 잠시 대화를 나누곤 했다. 어쩌다가 타루가 그들 대화에 끼었는데, 그랑은 점점 더 신이 나서 두 명의 동지들에게 속내를 털어놓았다. 페스트가 창궐한 와중에도 리외와 타루는 그랑의 작업을 흥미롭게 지켜보았다. 결국 그들도 거기에서 일종의 휴식을 맛본 것이다.

"말을 탄 여인은 어떻게 됐죠?"

타루가 종종 물으면 그랑은 난처하다는 듯 웃으며 한결같이 "제자리를 달리는 중입니다. 제자리를요."라고 대답했다. 어느 날 저녁, 그랑은 말을 탄 여인에 대해 '우아한'이라는 형용사를 버리고, '날씬한'이라는 수식어를 사용하겠다고 말했다. "그것이 더 구체적이니까요."라고 그는 덧붙였다. 한 번은 이 두 명의 청중에게 다음과 같이 수정한 첫 문장을 읽어 주었다. '5월 어느 화창한 아침에 날씬한 여인 한 명이 근사한

검은 밤색 암말을 타고 꽃이 만발한 불로뉴 숲의 오솔길을 달리고 있었다.'

"어때요? 그 여인이 더 잘 그려지나요? 그리고 저는 '5월 어느 화창한 아침'이 더 나은 것 같아요. '5월의'라고 하면 가독성이 좀 떨어지는 것 같거든요."

그러고는 '근사한'이라는 형용사가 상당히 신경 쓰이는 것 같았다. 그는 그 단어가 자기가 상상한 멋진 암말을 사진처럼 생생하게 전달할 수 없다며 더욱 적확한 단어를 찾았다. 밤색 암말이라는 표현도 사실 처음에는 '살이 오른'이라고 썼는데 약간 경멸적인 의미가 담긴 것 같아 '통통한'이라는 수식을 한동안 붙잡고 있었다. 그러나 리듬감이 살지 않았다. 그러던 어느 날 저녁, '검은 밤색 암말'이라는 표현을 발견했다고 전했다. 그랑은 검은색이 은근히 우아함을 내포하고 있다고 말했다.

"그건 안 돼요." 리외가 말했다.

"왜죠?"

"'밤색'이란 단어는 말의 품종이 아니라 색을 지칭하니까요."

"어떤 색이요?"

"글쎄요. 아무튼 검은색은 아닌 다른 색이죠."

그랑은 충격을 받은 듯했다.

"고맙습니다. 그래도 선생님이 있어서 다행이에요. 얼마나 어려운 일인지 이제 선생님도 아시겠죠?"

"'윤이 나는'이라는 단어는 어때요?"라고 타루가 제안했다.

그랑이 그를 바라보며 잠시 생각에 잠기더니 말했다.

"바로 그거예요."

그의 얼굴에 차츰 미소가 번졌다.

그리고 며칠 후 다시 '꽃이 만발한'이라는 표현이 거슬린다고 말했다. 사실 그가 아는 고장이라고는 오랑과 몽텔리마르뿐이어서 가끔 두 동지에게 꽃이 만발한 불로뉴 숲의 오솔길 풍경을 묻곤 했다. 솔직히 그들은 그 오솔길에서 꽃이 만발한 느낌을 한 번도 받지 않았지만, 시청 직원이 너무나 확신에 차 있었기 때문에 오히려 자기들의 기억을 의심했다. 그랑은 친구들이 오솔길 풍경을 확실히 알지 못하는 것을 이상하게 생각했다. "예술가만이 사물의 본질을 보지요."

그러던 어느 날, 의사는 무척 흥분한 그랑을 발견했다. 그는 '꽃이 만발한'을 '꽃이 가득한'으로 고쳤다고 말하며 두 손을 비볐다. 그는 "드디어 그것들이 보이고 느껴집니다. 여러분, 모자를 벗고 경의를 표해 주세요."라고 말하며 의기양양하게 자기 글을 읽었다. '5월 어느 화창한 아침에 날씬한 여인한 명이 윤이 나는 밤색 암말을 타고 꽃이 가득한 불로뉴 숲의 오솔길을 달리고 있었다.' 그러나 소리 내어 읽다 보니 단어들이 매끄럽게 연결되지 않아 그랑은 말을 약간 더듬었다. 그는 낙심한 표정으로 주저앉으며 가야겠다고 의사에게 양해를 구했다. 좀 더 생각할 필요가 있었다.

이후에 알게 된 사실이지만 바로 그 무렵 그랑은 직장에서 정신이 딴 데 팔려 있는 인상을 주었고, 인력 감소로 과중한 업무에 시달리고 있던 시청에서는 이를 매우 유감스럽게 여겼다. 그가 속한 부서는 그 때문에 피해를 보고 있었다. 국장은 그가 월급을 받는데, 맡은 일은 제대로 하지 않는다고 심하게 야단쳤다. "보건대에서 자원봉사를 하는 것 같은데, 그건 내 알 바 아니지. 근데 여기서 맡은 업무는 상관이 있지. 이런 가혹한 상황에서 당신이 도움을 줄 수 있는 가장 확실한 방법은 맡은 일을 잘 해내는 거요. 여기서 다른 것은 아무 짝에 쓸모가 없소."

"국장 말이 맞아요." 그랑이 리외에게 말했다.

"그렇죠." 의사도 동의했다.

"하지만 문장을 어떻게 마무리해야 좋을지 몰라 정신이 산만해요."

그는 '불로뉴'라는 단어를 없앨까 고심했다. 없어도 맥락상 이해할 수 있을 것 같았다. 그러나 그렇게 하면 '오솔길'을 수식해야 하는 구절이 '꽃'에 걸리는 것처럼 보였다. 그래서

'꽃으로 가득 찬 숲의 오솔길'로 고치는 것을 생각해 보았다. 그러나 '숲'이 수식어와 명사 사이에 놓이면서 공연히 둘을 분리하는 것처럼 느껴져 살 속에 가시가 박히는 기분이었다. 어느 날 저녁에는 실제로 그의 안색이 리외보다 더 피곤해 보일 정도였다.

그는 작업하느라 정신을 온통 빼앗겨 피곤했다. 그러면서도 보건대에서 필요한 사망자 수 합산과 통계 일도 꾸준히 해내고 있었다. 매일 저녁 끈기 있게 카드를 정리하고, 거기에 도표를 첨부해 시시각각 변하는 상황을 최대한 정확하게 알리고자 애썼다. 그는 서류를 가지고 리외가 일하고 있는 병원으로 자주 찾아와서 사무실이나 의무실에 책상을 하나 내어 달라고 부탁했다. 그는 시청 사무실 책상에 앉듯 자리를 잡고는 소독약과 질병 때문에 혼탁해진 공기 속에서도 잉크를 말리려고 서류 종이들을 흔들었다. 그럴 때는 자신의 글에 등장하는 말을 탄 여인도 잊은 채 오로지 해야 할 일만 성실히 하려고 노력했다.

사람들이 영웅이라 부를 만한 인물이 등장하기를 원한다면, 이야기 속에 그런 인물 한 사람은 꼭 있어야 한다면, 그렇다. 이 평범하고 눈에 잘 띄지도 않으며 가진 것이라고는 어느 정도 선량한 마음과 언뜻 보기에 우스꽝스러운 이상뿐인 이 인물을 통해 진리를, 2 더하기 2의 합이 4임을 드러낼 것이다. 영웅주의는 행복이라는 고귀한 권리를 추구한 다음 부차적인 지위를 부여할 것이다. 그럼으로써 이 기록에도 노골적으로 악하지 않고, 지속하고 자극적인 흥미를 유발하지 않으며 선량한 감정으로 이루어진 연대기의 성격을 부여할 것이다.

외부에서는 페스트에 걸린 도시를 위해 항공편이나 육로로 구호물자를 보내 주었다. 이와 함께 동정하거나 감탄하는 논평이 매일 저녁 전파나 신문을 통해 이 고립된 도시로 쏟아져 들어왔다. 의사 리외는 외부의 격려를 라디오나 신문에서 접할 때마다 무용담이나 시상식 연설 같은 말투 때문에 번번이 짜증이 났다. 물론 그런 동정심이 마음에서 우러나온 것임을 알지만, 인류애에 대한 상투적 표현에 불과했다. 그런 논평들은 그랑이 매일같이 기울이고 있는 사소한 노력을, 페스트라는 불운의 한가운데서 그랑이라는 인물의 의미가 무엇인지 도저히 설명할 수 없었다.

이따금 인적이 없어 도시가 깊은 침묵에 빠진 자정, 잠시 눈을 붙이려고 자리에 누운 의사는 라디오의 스위치를 돌려보곤 했다. 세상 저 끝에서부터 수천 킬로미터를 거슬러 얼굴도 모르는 사람들의 우정 어린 목소리가 서투르게나마 연대감을 표현하고자 애쓰고 있었지만, 그것에는 자신이 눈으로 볼 수 없는 고통을 진실로 함께 나눌 수 없다는 끔찍한 무력감도 담겨 있었다. '오랑! 오랑!' 리외는 바다를 건너온 헛된 목소리에 희망을 품었다. 그러나 점점 격앙되는 웅변적인 목소리에 서로의 격차가 느껴지며 이방인임을 절감하게 되었다. '오랑! 오랑! 우리가 당신과 함께 있어요.' '천만에. 함께 한다는 것은 서로 사랑하다가 같이 죽는 거지. 그러나 그들은 너무 멀리 떨어져 있단 말이야.'라고 그랑은 생각했다.

페스트가 절정에 치닫기 전, 다시 말해 재앙이 오랑을 점령하기 위해 온 힘을 끌어 모으던 시기에 일어난 일 중 하나를 꼭 기록해야 할 것 같다. 그것은 랑베르처럼 마지막까지 희망의 끈을 놓지 않는 사람들이 소중한 것을 페스트로부터 보호하기 위해 지난하고 절망스러운 노력을 오랫동안 했다는 사실이다. 그들은 자신을 위협하는 굴욕을 나름의 방식으로 거부한 것이었다. 물론 별로 효과적이지는 않았지만, 의미가 없는 것은 아니었다. 비록 공허하고 모순적이었지만, 각자의 마음에 자랑스러운 어떤 것이 깃들어 있음을 보여 주었다고 생각한다.

랑베르는 페스트에 굴복하지 않으려고 갖은 노력을 기울였다. 합법적인 수단으로는 오랑에서 벗어날 방법이 없자, 그는 다른 방법을 시도할 것이라고 리외에게 말했다. 기자는 먼저 카페 점원들부터 수소문했다. 그들이 세상 돌아가는 법을 훤히 꿰고 있기 때문이다. 그러나 그가 처음 접촉한 점원들은 탈출을 시도할 경우 받게 되는 무거운 형벌에 대해 더 잘 알고 있었다. 한번은 일을 좀 진전시킬 목적으로 리외의 집에서 코타르를 만나야 했다. 그날 기자는 리외에게 관청에 갔다가 허탕을 친 이야기를 또다시 하고 있었다. 며칠 후, 코타르는 거리에서 랑베르를 만나 자연스럽게 인사를 나눴다. 코타르는 그즈음 누구를 만나도 자연스럽게 대했다.

"진척이 좀 있나요?"

"아니요. 감감무소식이에요."

"관청엔 기대하지 않는 게 좋아요. 그 사람들은 도무지 이해하려 들지 않으니까요."

"정말 그래요. 그래서 다른 방법을 찾고 있는데, 생각보다 어렵군요."

"아, 그렇군요." 코타르는 말했다.

그는 비밀 조직을 하나 알고 있었다. 랑베르가 그 말을 듣고 깜짝 놀라자, 자신은 오래전부터 오랑의 모든 카페에 자주 드나들며 그곳 친구들에게 그런 일을 하는 조직이 있다는 사실을 알게 되었다고 전했다. 당시 수입보다 지출이 많았던 코타르는 적자를 메우기 위해 배급 물자 암거래에 가담하며 담배와 값싼 술을 되팔아 적지 않은 돈을 챙겼다.

"확실한 건가요?" 랑베르가 물었다.

"그럼요. 이미 제게 권하기도 한 걸요."

"그런 기회를 왜 차 버렸죠?"

"의심을 푸세요. 저는 떠날 생각이 없어요. 그럴 이유도 있고요."

코타르가 잠시 사람 좋은 표정으로 가만히 침묵을 지키다가 이내 덧붙였다.

"무슨 이유인지 묻지 않습니까?"

"별로 저와 관계없는 일 같아서요." 랑베르가 말했다.

"엄밀히 말하면 선생님과 상관없지요. 그러나 또 어떤 의미에서는…… 어쨌든 분명한 점은 페스트가 번진 이후로 이곳은 살기 더 편해졌다는 거예요."

랑베르가 그의 말꼬리를 잘랐다.

"어떻게 하면 그 조직을 만날 수 있죠?"

"쉽지 않지만, 저랑 함께 가면 되죠. 가시죠." 코타르가 말했다.

오후 4시, 도시는 뜨거운 태양 때문에 서서히 달궈지고 있었다. 상점들은 차양을 폈다. 도로에는 인적이 없었다. 코타르와 랑베르는 아치형 지붕이 있는 거리로 들어서서 오랫동안 말없이 걸었다. 그 시간은 페스트가 모습을 드러내지 않는 시간이었다. 거리가 쥐 죽은 듯 조용하고 생기가 없는 것은 여름 탓일 수도, 페스트 탓일 수도 있었다. 공기가 답답한 것이 페스트의 위협 때문인지, 아니면 먼지와 후덥지근한 열기 때문인지 알 수 없었다. 페스트와 부딪치려면 깊이 관찰하다가 때를 노려야 했다. 왜냐하면 페스트는 부정적인 징후들을 통해서만 본색을 드러내기 때문이다. 페스트에 친밀감을 느끼는 코타르는 한 예로 거리에 개들이 없다는 점을 지적했다. 평소 같으면 개들이 시원한 상점 입구에 배를 깔고 헐떡거리고 있었을 것이다.

그들은 팔미에 대로로 들어서서 아름 광장을 가로질러 마른느 구역 쪽으로 내려갔다. 왼편에 벽을 초록색으로 칠한 카페가 노란색 넓은 차양을 비스듬히 드리우고 있었다. 둘은 카페로 들어가며 이마의 땀을 닦았다. 그들은 초록색 철판으로 된 테이블을 마주한 야외용 접이식 간이 의자에 앉았다. 홀은 텅 비어 있었고, 파리들만이 허공을 윙윙 맴돌고 있었다. 엉성하게 만든 노란 새장 속 횃대에는 털이 다 빠진 앵무새 한 마리가 힘없이 앉아 있었다. 전투 장면을 그린 낡은 그림 몇 점은 잔뜩 때가 끼고 거미줄투성이였다. 철판 테이블에는 닭똥이 말라붙어 있었다. 랑베르가 자리 잡은 테이블에도 마찬가지였다. 뜬금없는 닭똥에 그들이 의아해하자 어두침침한 곳에서 난데없이 잘생긴 수탉 한 마리가 소란스럽게 튀어나왔다.

그 순간 더위가 한층 더 기승을 부리는 것 같았다. 코타르가 웃옷을 벗고 테이블을 두드렸다. 파란 앞치마를 두른 키 작은 사내가 안쪽에서 나와 코타르에게 인사를 건넸다. 앞치마가 커서 사내의 몸은 거의 보이지 않았다. 그는 닭을 쫓기 위해 세게 발길질을 했다. 수탉이 꼬꼬댁거렸다. 그는 무엇을 마시겠느냐고 물었다. 코타르는 백포도주를 주문한 뒤 가르시아라는 사람에 관해 물었다. 조그만 사내는 벌써 며칠 동안 그를 보지 못했다고 말했다.

"오늘 저녁 그자가 올까요?"

"글쎄요. 사람 속을 누가 알겠어요. 하지만 그 사람이 오는 시간을 손님은 잘 알지 않나요?"라고 사내는 물었다.

"잘 알죠. 그렇게 중요한 일은 아니고, 소개해 줄 친구가 하나 있어서요."

사내는 젖은 손을 앞치마에 닦으며 물었다.

"아, 선생께서도 그 사업을 하시는군요."

"맞아요." 코타르가 대답했다.

작은 사내가 코를 훌쩍거렸다.

"그러시다면 오늘 저녁에 다시 오시죠. 제가 그자에게 사람을 시켜 일러둘게요."

그곳에서 나오며 랑베르는 그 사업에 관해 물었다.

"암거래요. 시의 출입문을 통해 물건을 들여와 비싼 값에 파는 거죠."

"공모자들이 있군요?" 랑베르가 물었다.

"네."

그날 저녁 차양은 이미 접혀 있었고, 앵무새는 새장 안에서 재잘거렸다. 테이블마다 남자들이 셔츠 바람으로 앉아 있었다. 코타르가 카페에 들어서자, 그들 가운데 한 사내가 자리에서 일어났다. 그는 밀짚모자를 뒤로 젖혀 쓴 채 하얀 셔츠를 풀어헤치고 있었다. 셔츠 사이로 검게 그을린 가슴이 드러나 있었다. 햇볕에 그을린 반듯한 얼굴, 검고 작은 눈, 하얀 치아, 손가락에 반지를 두세 개 끼고 있던 그는 한 서른쯤 되어 보였다.

"잘 지냈습니까. 한잔합시다."

그들은 말없이 한 잔씩 들이켰다.

"나갈까요?" 가르시아가 말했다.

그들은 항구를 항해 내려갔다. 가르시아가 용건을 물었다. 코타르는 랑베르를 소개하는 것이 사업 문제가 아니라 이른바 '외출' 때문이라고 말했다. 가르시아는 담배를 피우며 직진했다. 그는 랑베르가 옆에 없다는 듯, '그 사람'이라 칭하며 몇 가지 질문을 했다.

"이유는요?"

"프랑스에 아내가 있어."

"아!"

잠시 침묵이 이어졌다.

"그 사람 직업은 뭐죠?"

"신문 기자."

"말이 많은 직업이군요."

랑베르는 침묵을 지켰다.

"친구라고." 코타르가 말했다.

그들은 말없이 걸었다. 부둣가에 도착하니 출입구는 거대한 철조망으로 막혀 있었다. 그래서 정어리 튀김을 파는 자그마한 선술집 쪽으로 걸음을 돌렸다. 벌써 냄새가 진동했다.

"어쨌든 그 일을 담당하는 건 제가 아니라 라울이에요. 그를 찾는 것이 쉽지는 않겠지만, 찾아는 볼게요."

"그자는 숨어 지내고 있나 보지?" 코타르가 활기차게 물었다.

가르시아는 대답하지 않았다. 그가 선술집 앞에서 발을 멈추더니 랑베르를 향해 처음으로 고개를 돌렸다.

"모레 오전 11시, 시내 고지대 세관 청사 모퉁이요."

그는 가는 듯하더니 두 사람을 향해 다시 몸을 돌렸다.

"돈이 좀 들 겁니다." 그는 확인하듯 말했다.

"네." 랑베르가 고개를 끄덕였다.

기자는 코타르에게 고맙다고 인사했다.

"천만에요." 그는 유쾌하게 대답했다. "선생을 도울 수 있어 기쁩니다. 더군다나 기자라고 하시니 언젠가 제게 갚을 날이 오겠죠."

이틀 후, 랑베르와 코타르는 뙤약볕이 내리쬐는 대로를 따라 올라갔다. 그 길은 도시의 가장 높은 곳으로 연결되었다. 세관 청사 일부는 이미 의무실로 변해 있었고, 정문 앞에는 사람들이 웅성거리며 서 있었다. 그들은 면회가 허용되지 않았으나 한두 시간 뒤면 괜찮아지지 않을까, 혹시나 하는 심정으로 기다리고 있었다. 어쨌든 인파가 있으니 왕래가 잦았다. 가르시아는 랑베르와 만날 장소를 결정할 때 이런 상황을 고려한 것 같았다.

"떠나려는 집념이 이토록 강하다니, 참 이상하군요. 어쨌든 흥미롭긴 하네요."

"저는 별로 재미가 없군요." 랑베르가 응수했다.

"위험을 무릅쓰는 일이니 당연히 그렇겠죠. 하지만 페스트 발발 이전에도 차가 아주 많이 다니는 사거리를 건너려고 하면 그 정도의 위험은 감수해야 했죠."

그때 리외의 자동차가 그들이 있는 곳에 와서 멈췄다. 타루가 운전했고, 리외는 반쯤 잠든 듯하다가 잠에서 깨어나 서로를 인사시켰다.

"아는 분입니다." 타루가 말했다. "같은 호텔에 묵고 있거든요."

그는 랑베르에게 시내까지 태워다 주겠다고 했다.

"아닙니다. 여기에서 약속이 있어요."

리외가 랑베르를 쳐다보았다.

"네, 맞아요." 랑베르가 대답했다.

코타르는 놀라서 물었다. "의사 선생님도 알고 계셨나요?"

"저기 치안판사가 오는군요." 타루가 코타르에게 일러 주었다.

코타르의 안색이 변했다. 정말로 오통 씨가 힘차고 신중한 걸음으로 그들을 향해 걸어오고 있었다. 그는 그들 무리를 지나치며 모자를 벗었다.

"안녕하십니까, 판사님." 타루가 인사했다.

판사는 차 안에 있는 사람들에게 먼저 인사하고, 뒤쪽에 있는 코타르와 랑베르를 보며 정중하게 고개를 숙였다. 타루가 연금으로 먹고사는 코타르와 기자를 소개했다. 판사는 잠시 하늘을 쳐다보다가 한숨을 쉬고는 참으로 슬픈 시절이라고 말했다.

"타루 씨, 선생께서 예방 조치에 전념하고 있다고 들었습니다. 어떻게 고마운 마음을 전해야 할지 모르겠습니다. 한데 의사 선생님, 조짐이 어떻습니까? 병이 더 퍼질 것 같습니까?"

리외는 그러지 않기를 바란다고 말했다. 판사는 신의 섭리는 도무지 알 수 없으며 결코 희망을 버려서는 안 된다고 재차 말했다. 타루는 그에게 이번 일 때문에 더 바빠졌는지 물었다.

"정반대요. 일반적인 범죄는 확 줄었어요. 새로운 규제로 말미암아 발생한 위반 행위들을 심리하는 것 외에는 별로 할 일이 없죠. 법을 이렇게 잘 지킨 적은 없을 겁니다."

"그거야…… 상대적으로 법을 지키는 일이 더 낫다고 느끼기 때문이죠."

판사는 꿈꾸는 듯한 표정으로 하늘을 올려다보다가 돌연 싸늘한 태도로 타루를 응시했다.

"그래서요? 중요한 건 법이 아니라 처벌입니다. 우리로서는 어쩔 수 없다고요."

판사가 자리를 뜨자 코타르가 말했다.

"저자가 우리의 원수지."

자동차가 움직이기 시작했다.

잠시 후, 가르시아가 걸어오는 모습이 보였다. 그는 그들에게 다가와 인사도 없이 "기다려야겠어요."라고만 했다.

주위에는 거의 여자들만 있었는데, 대부분 바구니를 든 채 말없이 기다리고 있었다. 페스트에 전염된 친족들에게 음식을 전달할 수 있지 않을까 하는 헛된 희망을 품거나, 더 나아가 환자들에게 그 음식이 도움이 되지 않을까 하는 터무니없는 생각을 하고 있었다. 무장 보초병들이 정문을 지키고 있었다. 이따금 괴상망측한 비명이 병동 건물과 정문 사이 마당을 관통했다. 그럴 때마다 기다리던 사람들은 근심 가득한 표정으로 의무실 쪽을 보았다.

그 광경을 보고 있는데 등 뒤에서 낮지만 또렷한 어조로 누군가 "안녕들 하신가."라며 인사를 건넸다. 세 남자는 소리 나는 쪽으로 몸을 돌렸다. 날씨가 더운데도 라울은 몹시 깔끔한 옷차림을 하고 있었다. 키가 크고 몸이 다부진 그는 짙은 색 더블 정장 차림이었고, 챙이 말려 올라간 중절모를 쓰고 있었다. 얼굴은 꽤 창백해 보였다. 갈색 눈동자에 입을 앙다물고 있던 라울은 빠르고 정확하게 말했다.

"시내 쪽으로 내려갑시다. 가르시아, 자네는 그만 가 보게."

가르시아가 담배에 불을 붙이는 동안 그들은 자리를 떴다. 랑베르와 코타르는 중간에서 걷고 있는 라울과 보폭을 맞추느라 걸음을 서둘렀다.

"가르시아에게 전해 들었습니다. 아주 불가능한 일은 아니지만, 아무튼 1만 프랑 정도 듭니다."

랑베르는 알았다고 대답했다.

"마른느 거리의 스페인 식당에서 내일 저와 점심이나 먹죠."

랑베르가 승낙하자 라울은 처음으로 미소를 지었다. 그가 떠나자 코타르가 양해를 구했다. 자기는 내일 시간이 없으며, 이제부터는 랑베르의 문제라는 것이다.

다음 날 기자가 스페인 식당에 들어갔을 때, 모두의 시선이 그의 움직임을 주시했다. 햇볕에 바싹 마른 누렇고 좁은 길 아래에 있는 음침한 지하 식당에는 남자 손님만 드나들었고, 대부분 스페인 계통이었다. 구석에 자리를 잡고 있던 라울이 기자에게 손짓하고 곧이어 랑베르가 그를 향해 발걸음을 옮기자, 사람들은 호기심을 거두고 접시로 고개를 돌렸다. 라울의 테이블에는 키가 크고 말랐지만, 수염이 덥수룩하고 어깨가 딱 벌어진 남자가 앉아 있었다. 얼굴은 말상에 머리숱이 듬성듬성했다. 걷어붙인 셔츠 소매 아래 시커먼 털로 뒤덮인 길고 가느다란 두 팔이 고스란히 드러났다. 그는 랑베르를 소개받더니 고개를 세 번 끄덕였다. 라울은 그를 '우리 친구'라고만 지칭했을 뿐 한 번도 언급하지 않았다.

"우리 친구가 선생을 도울 방법이 있다고 하는군요. 이 친구가 선생을 앞으로……."

라울이 잠시 말을 중단했다. 점원이 랑베르의 주문을 받으러 왔기 때문이다.

"이 친구가 당신을 우리 동료 두 사람과 연결해 줄 텐데,

그 친구들이 우리가 매수해 둔 보초병을 선생께 소개해 줄 겁니다. 그렇다고 일이 다 끝나는 건 아니고요. 보초들이 적절한 때를 잘 판단해야 하니까요. 가장 간단한 방법은 보초병들 가운데 도시 출입문 근처에 사는 사람 집에서 며칠 머무는 겁니다. 그전에 이 친구가 필요한 사람을 만나게 해 줄 겁니다. 일이 잘 풀리면 이 친구에게 비용을 지급하시면 되고요."

말상인 그의 친구는 다시 한번 고개를 천천히 끄덕거리며 토마토와 피망 샐러드를 게걸스럽게 먹어 치웠다. 그러면서 스페인 억양이 살짝 들어간 말투로 랑베르에게 이틀 후 오전 8시 대성당 정문 앞에서 만나자고 말했다.

"이번에도 이틀 뒤군요." 랑베르가 지적하듯 말했다.

"쉬운 일이 아니니까요." 라울이 대답했다. "친구들을 물색해야죠."

말상인 사내가 그 말이 맞는다는 듯 한 번 더 고개를 끄덕였다. 랑베르는 떨떠름한 표정으로 알았다고 수긍했다. 이후 식사는 대화 주제를 찾느라 시간을 다 보냈다. 그러다가 말상의 남자가 축구 선수라는 것을 알게 된 이후부터 대화에 물꼬가 터졌다. 랑베르도 축구를 꽤 즐겼다. 그들은 프랑스 전국 챔피언 쟁탈전이며, 영국 프로 선수단의 실력, W형 전술에 대해 실컷 떠들었다. 식사가 끝날 즈음 말상의 남자는 무척 신이 나서 랑베르에게 말을 놓았다. 그러고는 축구팀에서 센터 하프보다 더 멋진 포지션은 없다고 주장했다. "센터 하프는 알다시피 선수들에게 역할을 배분하는 사람이야. 무슨 소리인지 알아듣지? 경기를 흘러가게 하는 것. 그게 바로 축구라니까." 랑베르는 늘 센터 포워드 역할을 했지만, 그와 생각이 같았다. 라디오 방송이 나오고 나서야 토론은 중단되었다. 라디오에서 감상적인 선율이 잔잔하게 흘러나오더니 순간 어제 페스트 사망자 수가 137명이었다고 보도했다. 식당에 모여 있는 사람 누구도 반응을 보이지 않았다. 말상의 남자는 어깨를 으쓱하더니 자리에서 일어났다. 나머지 둘도 따라 일어났다.

헤어지면서 센터 하프가 랑베르의 손을 힘껏 잡으며 말했다.

"내 이름은 곤잘레스라네."

그날 이후 이틀이 랑베르에게는 너무나 길었다. 그는 리외에게 가서 일의 진행 상황을 상세히 말했다. 그는 왕진 가는 리외를 따라나서기도 했다. 그는 페스트 징후 환자가 기다리고 있는 어느 집 문 앞에서 리외에게 작별 인사를 했다. 복도에서 뛰어가는 소리와 말소리가 들렸다. 의사의 도착을 가족에게 알리는 소리였다.

"타루가 늦지 말아야 할 텐데." 리외가 중얼거렸다.

그는 피곤해 보였다.

"전염 속도가 빠른가요?" 랑베르는 물었다.

리외는 그렇지 않다고 말하며 통계 그래프의 상승 폭이 조금 완만해졌다고 설명했다. 다만 페스트와 싸울 수 있는 재원이 충분치 않은 것이 문제였다.

"물자가 부족해요. 세상 어느 나라 군대든 물자가 부족하면 대개 인력을 보충하죠. 한데 우리에게는 그 인력마저 부족한 형편입니다."

"외부에서 의사와 보건대원들이 오지 않았나요?"

"의사 열 명과 100여 명의 보건대원들이 왔죠. 많아 보이시겠지만 현 상태를 감당하기도 빠듯하지요. 병이 앞으로 더 퍼지면 턱없이 부족해질 거예요."

리외는 안에서 나는 소리에 귀를 기울이다가 랑베르에게 미소를 지으며 말했다.

"일을 성사시키려면 서둘러야죠."

랑베르의 표정이 잠시 어두워졌다.

"아시겠지만, 그것 때문에 떠나려는 건 아닙니다." 그가 낮은 목소리로 말했다.

리외는 잘 알고 있다고 대답했다. 그러나 랑베르는 계속 말을 이었다.

"저는 제가 비겁하다고 생각하지 않아요. 적어도 대체로 그렇죠. 비겁하지 않음을 확인할 기회도 실제로 있었습니다.

단지 받아들일 수 없는 것이 있는 것뿐이죠."

의사가 그를 마주 보고 말했다.

"사랑하는 이를 다시 만나게 될 겁니다."

"아마도요. 제가 참을 수 없는 건 이 상태가 지속될 것이고, 그러는 동안 그녀가 늙어 간다는 겁니다. 나이 서른이면 늙기 시작하니 마음껏 누려야지요. 이해하실지 모르겠지만."

이해할 것 같다고 리외가 중얼거리고 있는데 한껏 신이 나 있는 타루가 들어왔다.

"파늘루 신부에게 함께 일하자고 지금 막 부탁하고 오는 길이에요."

"그랬더니 뭐라 하세요?"

"잠시 생각하더니 그러겠다고 하더군요."

"좋군요." 의사가 말했다. "그분의 성품이 설교보다 좋은 분임을 알게 되어 다행입니다."

"사람은 그런 것 같습니다. 기회를 주기만 하면 되지요."

그는 웃으며 리외를 향해 한쪽 눈을 찡긋했다.

"기회를 제공하는 것, 그게 바로 평생 제가 해야 할 일이죠."

"죄송하지만 저는 이만 가 볼게요." 랑베르가 말했다.

약속 날인 목요일, 랑베르는 8시가 되기 5분 전에 대성당 정문으로 갔다. 아침 공기는 제법 신선했다. 아직 하늘에는 양떼구름들이 떠다니고 있었지만, 조금 있으면 열기들이 구름을 단번에 집어삼킬 것이다. 잔디는 진작 말라비틀어졌지만 어디선가 축축한 풀냄새가 미약하게나마 나고 있었다. 동쪽 집들 뒤에서 태양이 떠올라 광장을 장식하고 있는 잔다르크 동상의 투구를 뜨겁게 달궜다. 괘종시계가 8시를 알렸다. 인적 없는 정문 앞에서 랑베르는 걸음을 조금 옮겼다. 성당 안에서 들려오는 성가 소리에 섞여 지하실의 눅눅한 냄새와 향냄새가 풍겨 왔다. 갑자기 성가가 멈췄다. 열 명 정도 되는 검은 옷을 입은 무리가 성당에서 나오더니 시내를 향해 종종걸음으로 걸어갔다. 랑베르는 초조해졌다. 또 다른 검은 형체들이 큰 계단을 통해 정문을 향해 올라오고 있었다. 그는 담배에 불을 붙이려다가 이곳은 금연 구역일지 모른다는 생각이 스쳤다.

8시 15분이 되자 대성당 안에서 은은하게 연주되는 오르간 소리가 들렸다. 랑베르는 성당의 어두침침한 궁륭(활이나 무지개같이 한가운데가 높고 길게 굽은 형상. 또는 그렇게 만든 천장이나 지붕) 아래로 들어갔다. 그의 앞을 지나갔던 검은 형체들은 본당에 있었다. 그들은 성당 한구석에 있는 일종의 임시 제단 앞에 모여 있었다. 제단에는 시내 어느 공장에서 급하게 만든 성 로크 상이 안치되어 있었다. 무릎을 꿇고 있어서 그런지 검은 형체들은 더 오그라들어, 마치 응고된 그림자 파편처럼 회색 배경 속에서 갈 길을 잃은 듯 보였다. 안개보다 조금 더 짙을까 말까 한 그들은, 사실 그 안개 속에서 이리저리 떠도는 신세 같았다. 그 형체들 위의 오르간에서는 변주곡이 끝없이 울려 퍼졌다.

랑베르가 밖으로 나오니 곤잘레스는 벌써 계단을 다 내려가 시내로 향하고 있었다.

"자네가 벌써 가 버린 줄 알았지. 하긴 나라도 그랬겠지." 곤잘레스가 기자에게 말했다.

그는 8시가 되기 10분 전, 그곳에서 멀지 않은 다른 장소에서 친구들을 만나기로 했는데 20분이나 기다려도 오지 않아서 늦었다고 설명했다.

"무슨 일이 생긴 게 분명해. 우리가 하는 일이 그리 쉽게 성사되는 건 아니니까."

그는 다음 날 같은 시각, 전몰 용사 기념비 앞에서 다시 만나자고 했다. 랑베르는 한숨을 쉬며 중절모를 뒤로 젖혔다.

"이 정도는 아무것도 아니야." 곤잘레스가 말했다. "한 골을 넣으려면 패스도 하고 공습도 하고 작전도 짜야 하잖나."

"그야 그렇죠……. 하지만 축구 경기는 1시간 30분이면 끝나지요."

오랑 전몰 용사 기념비는 도시에서 바다를 내려다볼 수 있는 유일한 장소에 있었다. 그곳에는 항구를 굽어보는 낭떠러지를 따라 일종의 산책로가 조성되어 있다. 다음 날, 약속 장소에 먼저 도착한 랑베르는 전쟁터에서 전사한 이들의 명단을 주의 깊게 읽었다. 몇 분 뒤 남자 두 명이 다가와 그를 무심한 표정으로 바라보더니 산책로 난간에 팔꿈치를 괴고 인적 없는 텅 빈 항구를 완전히 정신이 팔린 듯 내려다보았다. 둘은 비슷한 체격에 파란색 바지와 선원용 반소매 면 티셔츠를 입고 있었다. 기자는 그들에게서 조금 떨어져 벤치에 앉아 한가롭게 그들을 관찰했다. 그들은 스무 살이 채 되지 않은 듯했다. 그때 자기를 향해 걸어오는 곤잘레스가 보였다.

"우리 친구들이 저기 있네." 그가 말했다. 그는 랑베르를 데리고 두 젊은이에게 다가가더니 각각을 마르셀과 루이라고 소개했다. 가까이에서 보니 두 젊은이는 닮은 데가 꽤 많아 형제처럼 보였다.

"자, 서로 인사도 했으니 일을 시작해야지."

두 사람 중 한 명이 이틀 뒤부터 일주일간 자기네들이 경비를 보니 제일 적합한 날을 골라야 할 것이라고 일렀다. 네 명이 서쪽 출입구를 지키는데, 다른 둘은 직업군인이라고 했다. 그들을 이번 일에 끌어들일 수 없었다. 믿을 만하지도 않은 데다, 만약 끌어들인다 해도 비용이 많이 들었다. 한데 저녁이 되면 그 둘이 자기네들이 아는 술집 뒷방에서 밤을 보내는 일이 종종 있다고 말하면서 시 출입문 가까이에 있는 마르

셀 혹은 루이 집에 와 있다가 때를 기다리는 것이 어떻겠느냐고 제안했다. 그렇게 하면 빠져나가기 식은 죽 먹기일 것이라고 했다. 그런데 얼마 전부터 시 외부 경비 초소를 이중으로 설치한다는 말이 나돌고 있으니 서둘러야 할 거라고 덧붙였다.

랑베르는 좋은 생각이라고 하며 남은 담배를 권했다. 그 둘 중 말하지 않고 있던 청년이 곤잘레스에게 비용 문제는 해결이 되었는지, 선금을 받을 수 있는지 물었다. "그럴 필요는 없어. 이 사람은 친구니까. 비용은 출발할 때 치르기로 하지."

그들은 한 번 더 만나기로 했다. 곤잘레스는 이틀 뒤 스페인 식당에서 저녁을 먹자고 했다. 거기서 바로 보초병들의 집으로 갈 수 있다는 것이었다.

"첫날 밤은 내가 같이 있어 주지." 그가 랑베르에게 말했다.

이튿날 랑베르는 방으로 올라가다가 호텔 층계에서 타루와 마주쳤다.

"리외를 만나러 가는 길인데 같이 가실래요?" 타루가 물었다.

"방해가 되는 건 아닐지 모르겠네요."라고 말하며 랑베르는 머뭇거렸다.

"그렇지 않을 거예요. 제게 그쪽 얘길 자주 하거든요."

기자는 생각에 잠겼다.

"그럼…… 저녁 식사 후 잠시 시간이 있으시다면 늦어도 괜찮으니 두 분이 함께 호텔 바로 오시죠."

"의사 양반과 페스트 상황에 달렸네요." 타루가 말했다.

밤 11시가 되자 리외와 타루가 호텔의 작고 비좁은 바로 들어왔다. 30명쯤 되는 사람들이 팔꿈치를 맞대고 큰 소리로 떠들고 있었다. 페스트에 걸린 정적의 도시에서 돌아와서 그런지 두 사람은 현기증이 난 듯 걸음을 멈추었다. 그들은 술이 판매되는 것을 보고 바의 소란스러운 분위기를 이해할 수 있었다. 랑베르는 계산대 끝 등받이 없는 의자에 앉아 그들에게 손짓했다. 타루가 큰 소리로 떠드는 사람을 슬쩍 밀어낸 뒤, 두 사람은 랑베르의 양옆으로 자리를 잡았다.

"술을 싫어하진 않죠?"

"물론. 그 반대죠." 타루가 말했다.

리외는 술잔에서 나는 씁싸름한 향료 냄새를 맡아 보았다. 너무 소란스러워서 이야기하기 힘들었다. 랑베르는 술을 먹느라 정신이 없었다. 의사는 그가 취했는지 가늠할 수 없었다. 그들이 있는 비좁은 공간의 나머지 자리에는 해군 장교 한 사람이 앉아 있었다. 그는 양팔에 여자를 하나씩 낀 채 얼굴이 달아오른 뚱뚱한 남자를 상대로 카이로에서 유행했던 장티푸스에 대해 떠들고 있었다. "원주민 수용소를 만들어서 환자용 천막을 치고, 그 둘레에 보초병을 세운 뒤 가족들이 민간요법 약을 몰래 들여보내려고 하면 총을 쏘아 댔다고. 차마 눈 뜨고 볼 수가 없었지만 어쩔 수 없었지." 다른 테이블에는 멋지게 차려입은 청년들이 앉아 있었다. 높은 곳에 올려놓은 축음기에서는 〈세인트 제임스 인퍼머리(St. James Infirmary)〉가 흘러나오고 있어 그들의 대화는 알아들을 수 없었다.

"일은 어찌 되어 갑니까?" 리외가 목소리를 높여 물었다.

"괜찮은 것 같습니다."라고 랑베르는 대답했다. "일주일 내로 성사될 것 같아요."

"유감이네요."라고 타루가 외쳤다.

"왜요?"

타루가 랑베르를 쳐다보았다.

"아! 오랑에 계속 있으면 우리에게 도움이 될 것으로 생각해서 그리 말하는 거예요. 하지만 떠나고 싶은 선생의 심정을 충분히 이해합니다."

타루가 모두에게 새로 한 잔씩 따랐다. 랑베르는 걸터앉은 의자에서 내려와 처음으로 타루를 똑바로 보았다.

"제가 무슨 도움이 될까요?"

"그거야……." 타루는 서두르지 않고 천천히 술잔에 손을 뻗으며 말했다. "우리 보건대 일이지요."

랑베르는 평소처럼 고집스레 생각하는 듯한 표정을 짓더니 자기 의자에 다시 올라앉았다.

"선생께서는 보건대 활동이 사람들에게 도움이 되는 것 같지 않으세요?" 타루는 잔을 비우고 랑베르를 찬찬히 보았다.

"매우 도움이 되지요." 기자가 대답하고는 술을 마셨다.

리외는 랑베르의 손이 떨리는 것을 보고는 그가 완전히 취했음을 알았다.

다음 날 랑베르가 스페인 식당에 도착했을 때, 몇몇은 입구에 의자를 꺼내 놓고 더위가 한풀 꺾인 황금빛 저녁 한때를 즐기고 있었다. 랑베르는 그들 사이를 뚫고 식당 안으로 들어갔다. 그들은 매운 연기가 나는 담배를 피우고 있었다. 식당 안에는 사람이 거의 없었다. 랑베르는 지난번 곤잘레스와 만났던 구석 자리에 앉았다. 점원이 주문을 받으러 오자 그는 일행을 기다릴 것이라고 말했다. 저녁 7시 30분이었다. 사람들이 하나둘 실내로 들어와 자리를 잡았다. 음식이 나오기 시작했고, 아주 낮은 둥근 천장 아래에는 식기가 부딪치는 소리와 저음으로 이야기하는 목소리로 가득 찼다. 약속 시간인 8시가 되었지만 아무도 오지 않았다. 불이 켜졌고, 새로 도착한 손님들이 그의 테이블에 앉았다. 그도 결국 식사를 주문했다. 8시 30분쯤 식사를 마쳤는데도 곤잘레스도 두 청년도 오지 않았다. 그는 담배를 여러 대 피웠다. 홀은 서서히 비기 시작했고, 밖은 빠르게 어두워졌다. 바다에서 불어온 훈훈한 바람에 창문 커튼이 살며시 흔들렸다. 9시가 되자 랑베르는 실내가 텅 비어 있고, 점원이 자신을 놀란 눈으로 쳐다보고 있음을 알았다. 그는 계산을 마치고 식당을 나왔다. 식당 맞은편 카페 문이 열려 있었다. 랑베르는 카페 계산대 좌석에 앉아 식당 입구를 지켜보았다. 9시 30분, 그는 호텔로 돌아가면서 곤잘레스와 다시 만날 방법을 떠올렸지만 주소도 몰랐다. 더군다나 다시 이 모든 절차를 밟아야 한다고 생각하니 가슴이 답답했다.

훗날 리외에게 했던 말에 따르면, 바로 그 순간 구급차가 어둠 속을 질주했다. 그때 자기와 아내를 갈라놓은 장벽을 벗어나기 위해 탈출구를 마련하는 동안 완전히 아내를 잊고 있었다는 사실을 깨달았다. 그러나 모든 길이 또다시 꽉 막히자 아내가 그의 욕망 한가운데에 자리 잡았다. 그러자 찢어질 듯한 고통이 엄습했고, 견딜 수 없는 슬픔에서 벗어나기 위해 호텔을 향해 질주하기 시작했다. 그러나 타들어 가는 고통은 여전히 관자놀이를 쿡쿡 쑤셔 댔다.

다음 날, 그는 아침 일찍부터 리외를 찾아가 어떻게 하면 코타르를 다시 만날 수 있느냐고 물었다.

"제가 할 수 있는 유일한 일은 처음부터 절차를 다시 밟아 가는 것뿐입니다." 랑베르가 말했다.

"내일 밤 다시 오세요." 리외가 대답했다. "이유는 잘 모르겠지만 타루가 코타르를 불러 달라고 했어요. 아마 내일 10시에 올 겁니다. 30분 후쯤 맞춰 오세요."

이튿날 코타르가 의사에게 왔을 때, 타루와 리외는 담당 구역 환자 중 한 명이 예상치 않게 완치되어 그에 관해 이야기하고 있었다.

"열에 하나죠. 그 사람 참 운이 좋았던 거죠." 타루가 말했다.

"아, 그건 페스트가 아니었나 봐요." 코타르가 말했다. 리외와 타루는 분명 페스트였다고 대답했다.

"그럴 수 있나요? 그 사람은 나았다면서요. 페스트는 가차 없다는 것을 선생님들도 잘 아시잖아요."

"대개는 그렇죠." 리외는 말했다. "하지만 치열하게 매달리다 보면 뜻밖의 결과가 있기 마련이죠." 코타르는 웃고 있었다.

"과연 그럴까요? 오늘 저녁에 보도된 사망자 통계를 들으셨나요?"

타루는 연금 생활자를 호의적인 시선으로 쳐다보면서 자신은 이에 대해 잘 알고 있으며, 상황은 악화하고 있지만 결국 보다 강한 대책이 필요하다는 사실을 증명한 것뿐이라고 설명했다.

"그런 대책은 벌써 세웠지 않습니까?"

"그렇지만 그 대책을 각자 자기 일처럼 여겨야지요."

코타르는 무슨 소리인지 알 수 없다는 생각으로 타루를 보았다. 타루는 너무 많은 사람이 아무 일도 하지 않고 있다며 페스트는 모든 사람과 관련된 문제이며 각자 자기의 의무를 다해야 한다고 말했다. 보건대의 문은 누구에게나 열려 있다는 것이었다.

"좋은 생각이긴 합니다만 별 소용없을 거예요. 페스트는 워낙 강력하니까요."

"두고 보면 알게 될 일이죠. 그 전에 모든 노력을 다하고서 말입니다."라고 타루는 인내심 있게 말했다.

그동안 리외는 책상 앞에 앉아 진료 카드를 옮겨 적고 있었다. 타루는 의자에 앉아 불안한 듯 몸을 흔드는 연금 생활자를 보았다.

"코타르 씨. 우리와 함께하지 못하는 이유가 있나요?"

코타르는 불쾌한 표정으로 의자에서 벌떡 일어나 둥근 모자를 집어 들며 말했다.

"그건 저와 상관없는 일이에요." 그는 시비조로 말을 이었다.

"게다가 저는 말이죠. 페스트 안에서 사는 게 훨씬 더 편해요. 그러므로 페스트를 퇴치하는 데에 왜 가담해야 하는지 모르겠습니다."

타루는 깨우침을 얻은 듯 자신의 이마를 탁 쳤다.

"아, 맞다! 선생님은 이 일이 아니었음 진작 체포되었겠죠."

코타르가 움찔하더니 쓰러지지 않기 위해 의자를 잡았다. 리외는 적는 행위를 멈추고 진지한 태도로 둘의 대화에 관심을 기울였다.

"누가 그럽디까?" 연금 생활자가 소리쳤다.

타루는 놀란 듯 말했다.

"당신이 그랬잖아요. 적어도 의사 선생님하고 저는 그렇게 이해했는데요."

코타르는 이내 걷잡을 수 없는 분노에 휩싸인 나머지 알아들을 수 없는 소리로 중얼거렸다.

"진정하세요. 의사 선생이나 저나 당신을 고발하지는 않을 거니까요. 그쪽 사건과 우리는 아무 상관이 없지요. 우리 역시 경찰을 좋아한 적이 없고요. 그러지 말고 좀 앉으세요."

연금 생활자는 조금 주저하다가 의자를 내려다보고는 자리에 앉았다. 잠시 후 그는 한숨을 내쉬었다.

"다 옛날 일입니다." 그가 시인했다. "다 지나갔다고 생각하고 있었는데 어떤 놈이 다시 끄집어낸 거죠? 나를 소환하더니 조사가 끝날 때까지 대기하라고 하더군요. 그래서 결국 체포될 것이란 걸 알았죠."

"중죄인가요?" 타루가 물었다.

"그거야 어떻게 말하느냐에 따라 다르지요. 어쨌든 살인은 아닙니다."

"징역형인가요, 강제 노역형인가요?"

코타르는 몹시 의기소침해졌다.

"재수가 좋으면 징역형이겠죠."

잠시 후 다시 흥분한 코타르가 말했다.

"그건 실수였습니다. 누구나 실수는 하지요. 그것 때문에 나의 집, 나의 습관, 익숙한 모든 것한테서 격리되어야 한다는 생각만 하면, 견딜 수가 없어요."

"그래서 목을 매 자살하려 했군요." 타루가 물었다.

"네, 물론 어리석은 짓이었죠."

그러자 리외가 처음으로 입을 열더니 불안한 심정은 이해하지만 모든 일이 잘 해결될 것이라고 코타르를 위로했다.

"제가 아는 한 가지는 현재로선 두려울 것이 하나도 없다는 거죠."

"알겠어요. 보건대는 들어오지 않겠군요."

코타르는 모자를 두 손으로 빙빙 돌렸다. 그는 불안한 눈빛으로 타루를 쳐다보았다.

"저를 원망하진 마세요."

"물론입니다. 하지만 적어도 병균을 일부러 퍼뜨리지는 마세요." 타루가 웃으며 말했다.

코타르는 페스트 발병이 자기가 원했던 상황도 아니고, 자연 발생적이었다면 페스트 덕분에 자기의 상황은 호전되었겠지만 그렇다고 해서 페스트가 자기 탓은 아니라고 항변했다. 그때 랑베르가 문 앞에 도착했고, 연금 생활자는 힘을 잔뜩 넣어 이렇게 덧붙이고 있었다.

"그러니까 제가 하고 싶은 말은, 선생들은 결국 질 거라는 겁니다."

랑베르가 물어보니 코타르 역시 곤잘레스의 주소를 모르고 있었다. 하지만 그 작은 카페에 같이 가 줄 수는 있다고 했다. 그들은 이튿날 다시 만나기로 했다. 리외가 일이 어떻게 되어 가는지 알고 싶다고 하자, 랑베르는 이번 주말 저녁 아무 때나 자신의 방으로 타루와 함께 오라고 했다.

아침이 되자 코타르와 랑베르는 그 작은 카페로 가서 저녁 때나 다음 날 만나자는 메모를 가르시아에게 남겼다. 그들은 그날 저녁 허탕을 쳤다. 다음 날 다시 카페로 갔을 때, 가르시아가 와 있었다. 그는 조용히 랑베르의 이야기를 들었다. 그는 랑베르에 대해서는 아는 바가 없었으나, 어떤 구역은 가택 조사를 하느라 24시간 통행이 차단되었다고 일러 주었다. 곤잘레스와 두 젊은이가 방어벽을 넘지 못했을 가능성이 있었다. 가르시아가 할 수 있는 일은 그들을 라울과 다시 만나게 하는 것뿐이었으며 그 역시 다음 날이 되기 전에는 어려울 것이라고 말했다.

"그러니까…… 처음부터 다시 시작해야 하는 거군요."

이틀 뒤, 어느 길모퉁이에서 라울은 가르시아의 추측대로 아랫동네 통행이 금지되었음을 확인시켜 주었다. 곤잘레스와 다시 접촉을 시도해야 했다. 이틀 뒤, 랑베르는 다시 축구 선수와 함께 점심을 먹었다.

"바보 같았어. 만약을 대비해 다시 만날 방법을 정했어야 했는데." 곤잘레스가 말했다.

랑베르의 생각도 같았다.

"내일 아침, 우리가 그 젊은 친구들 집에 가서 제대로 해결해 보자고."

이튿날 두 젊은이는 집에 없었다. 그래서 다음 날 오후 리세 광장에서 만나자는 메모를 남겼다. 랑베르는 호텔로 돌아갔지만, 안색이 좋지 않았다. 그날 오후, 타루는 그를 보고 깜짝 놀랐다.

"일이 잘 안 풀리나요?" 타루가 그에게 물었다.

"처음부터 다시 시작하다 보니까." 랑베르가 말했다.

그는 초대 날짜를 변경했다.

"오늘 저녁에 오세요."

그날 저녁, 두 남자가 랑베르의 방에 갔을 때 그는 침대에 누워 있었다. 그는 자리에서 일어나 준비해 둔 잔에 술을 따랐다. 리외는 술을 받으며 일이 순조롭게 풀리고 있는지 물었다. 기자는 정확하게 한 바퀴를 돌아 원점으로 돌아왔고, 곧 마지막 약속을 잡을 거라고 대답했다. 그러고는 술을 마시며 이렇게 덧붙였다.

"아마 그들은 오지 않겠죠."

"미리 단정하지 마세요." 타루가 말했다.

"아직 이해하지 못하셨군요." 랑베르는 어깨를 으쓱했다.

"뭘 말이죠?"

"페스트요."

"아!" 리외가 말했다.

"망할 놈의 전염병은 처음부터 다시 시작해야 하는 거란 걸 아직 이해하지 못한 겁니다." 랑베르가 방구석으로 가더니 조그마한 축음기 뚜껑을 열었다.

"무슨 곡이죠? 아는 곡 같은데." 타루가 물었다.

랑베르는 '세인트 제임스 인퍼머리'라고 대답했다.

판이 반쯤 돌아갔을 때, 멀리서 두 발의 총성이 들렸다.

"개 아니면 탈주자겠죠." 타루가 말했다.

잠시 후, 판이 다 돌아갔다. 구급차의 사이렌 소리는 점점 더 커지더니 랑베르의 호텔 창문 밑을 지난 후로 점점 작아졌다.

"이 판은 재미가 없어요." 랑베르가 말했다. "게다가 오늘은 벌써 열 번이나 들었습니다."

"그 곡을 상당히 좋아하시나 봐요?"

"아니요. 지금은 이것밖에 없거든요."

그는 잠시 후 이렇게 말했다.

"말씀드렸잖아요. 다시 시작하는 거라고요."

그는 리외에게 보건대가 어떻게 진행되어 가는지 물었다. 현재 다섯 팀이 활동하고 있고, 가능하면 다른 팀을 더 구성하고 싶다고 말했다. 기자는 침대에 앉아 자기 손톱들이 성가시다는 듯 만지작거렸다. 리외는 침대 끝에 웅크리고 앉아 있는, 작지만 다부진 그의 옆모습을 찬찬히 뜯어보다가 문득 랑베르가 자기를 쳐다보고 있다는 것을 알아차렸다.

"저도 보건대에 관해 많이 생각했습니다. 제가 함께하지 못하는 건, 나름의 사정이 있고, 다른 일 같으면 제 몫 정도는 할 수 있을 텐데. 저는 스페인 내전에도 참전한 경험이 있으니까요."

"어느 쪽이었죠?" 타루가 물었다.

"패배자들 편이었죠. 그 이후 생각을 좀 해 봤죠."

"무엇에 대해서요?"

"용기요. 인간이 위대한 행동을 할 수 있다는 것은 알아요.

하지만 위대한 사랑이 없다면 저는 더 이상 관심이 없습니다."

"인간이 모든 걸 다 할 수 있다는 소리로 들리는군요." 다루가 말했다.

"천만입니다. 인간은 고통을 견디지 못하고, 행복도 오랫동안 유지하지 못하죠. 결국 가치 있는 일이라고는 아무것도 못 하는 존재지요."

그는 두 남자를 응시하며 말을 계속 이었다.

"타루, 당신은 사랑을 위해 죽을 수 있나요?"

"모르겠습니다. 하지만 현재는 그럴 수 없을 것 같네요."

"그것 보세요. 그런데 선생은 관념을 위해서는 죽을 수 있다는 겁니다. 눈에 훤히 보여요. 그런데 난 관념 때문에 죽는 사람들이 지긋지긋해요. 나는 영웅주의를 믿지 않아요. 그건 너무 쉽기도 하고, 사람을 죽일 수도 있으니까요. 내가 관심 있는 것은 우리를 살게도 하고, 죽게도 하는 사랑이죠."

리외는 기자의 말을 경청하며 부드럽게 말했다.

"인간은 관념이 아닙니다, 랑베르."

그러자 기자는 흥분하며 침대에서 일어났다.

"인간은 관념이에요. 어설픈 관념이죠. 사랑이란 것을 외면한 순간부터 더욱 그렇습니다. 정확히 말하자면 그랬기에 우리는 사랑하는 방법을 모르게 된 거죠. 다 그만두고 사랑하게 될 날을 기다리자고요. 만일 그게 불가능하다면 영웅 놀이는 집어치우고 모든 사람이 해방되기를 바라자고요. 저는 그 이상은 못 해요."

리외가 지친 기색으로 몸을 일으켰다.

"당신 말이 옳아요, 랑베르. 전적으로 옳습니다. 저는 선생님이 진행하는 일을 추호도 막을 생각이 없습니다. 제 생각에 그건 정당하니까요. 그렇지만 이것만은 말씀드리고 싶습니다. 이 모든 것은 영웅주의와 무관합니다. 이건 성실의 문제입니다. 우습게 들릴지 모르겠지만 페스트를 상대로 우리가 취할 수 있는 무기란 성실뿐입니다."

"성실이라는 게 대체 뭐죠?" 진지한 표정으로 랑베르가 물었다.

"잘은 모르겠지만 개인적으로 생각하기에 성실은, 자신의 역할을 다하는 거죠."

"아, 저는 제 일이 무엇인지 모릅니다. 어쩌면 사랑을 선택한 것이 실수인지 모르겠네요."

그 순간 리외가 그를 바라보며 힘주어 말했다.

"당신은 아무것도 실수하지 않았어요."

랑베르는 생각에 잠긴 눈으로 그들을 번갈아 보았다.

"제 생각에 두 분은 잃을 게 없을 겁니다. 선의의 편에 선다는 것은 어쩌면 쉬운 일이기도 하고요." 리외는 잔을 비우고 말했다.

"저는 할 일이 있어서요."

이내 그가 떠나고, 타루도 그를 따라 밖으로 나가려다 생각이 바뀐 듯 기자에게 몸을 돌리며 말했다.

"리외의 아내는 여기서 수백 킬로미터 떨어진 요양소에 있습니다."

랑베르가 화들짝 놀랐지만, 타루는 이미 떠나고 없었다.

이튿날 아침 일찍, 랑베르는 의사에게 전화를 걸었다.

"이 도시를 떠날 방법을 찾을 때까지 선생님과 함께 일하고 싶은데 허락해 주시겠습니까?"

수화기 저쪽에서 잠시 침묵이 흐르더니 곧 대답이 들려왔다.

"그럼요. 고맙습니다, 랑베르."

**생각뿔** | 세계문학 미니북 클라우드 라이브러리

거장의 숨소리를 만나는 특별한 여행

생각뿔 세계문학 미니북 클라우드 라이브러리는 계속 출간됩니다.
*** 근간 목록은 발간 순에 따라 변경될 수 있습니다.

**옮긴이 | 안영준**

고려대학교를 졸업했다. '언어적 감각'이 뛰어난 IQ 158 멘사 회원이다. 공립 중등국어교사로 8년 동안 근무했으며 대치동에서 논술 전임강사로 활동하기도 했다. 현재는 1인 지식 창업 및 책 쓰기 코칭을 하며 영한 번역을 하고 있다. 옮긴 책으로는 『1984』, 『데미안』, 『위대한 개츠비』, 『노인과 바다』, 『동물농장』, 『오만과 편견』, 『이방인』 등이 있다.

**해설 | 엄인정**

국민대학교 국어국문학과를 졸업하고 동 대학원에서 국어교육학을 전공했다. 현재 단행본 편집과 영한 번역 업무를 병행하며 프리랜서로 활동 중이다. 옮긴 책으로는 『데미안』, 『톨스토이 단편선』, 『오만과 편견』, 『카프카 단편선』, 『그리스인 조르바』 등이 있다.

**페스트 1**

1판 1쇄 발행 2018년 10월 10일

**지은이** 알베르 카뮈
**옮긴이** 안영준
**해설** 엄인정
**펴낸이** 생각투성이
**편집** 박소희, 안주영
**디자인** 생각을 머금은 유니콘
**마케팅** 김사랑

**발행처** 생각뿔
**주소** 서울시 서초구 반포동 66-1 코렐빌딩 102호
**등록번호** 제233-94-00104호
**전화** 02-536-3295
**팩스** 02-536-3296
**커뮤니티** www.facebook.com/tubook2018(페이스북)
**e-mail** tubook@naver.com
**ISBN** 979-11-89503-06-2(04860)
       979-11-964400-8-4(세트)

생각뿔은 '생각(Thinking)'과 '뿔(Unicorn)'의 합성어입니다.
신화 속 유니콘의 신성함과 메마르지 않는 창의성을 추구합니다.